等待卡帕

Susana Fortes
Esperando a Robert Capa

［西班牙］苏珊娜·富尔特斯 著
詹玲 译

人民文学出版社

著作权合同登记号:图字 01-2012-2245 号

Susana Fortes
Esperando a Robert Capa

图书在版编目(CIP)数据

等待卡帕/(西)富尔特斯著;詹玲译.—北京:
人民文学出版社,2012
ISBN 978-7-02-009130-0

Ⅰ.①等… Ⅱ.①富… ②詹… Ⅲ.①长篇小说-西班牙-现代 Ⅳ.①I551.45

中国版本图书馆 CIP 数据核字(2012)第 060011 号

Esta obra ha sido publicada con una subvención de la
Dirección General del Libro, Archivo y Bibliotecas del Ministerio de
Cultura de España
本书由西班牙文化部书籍、档案与图书馆总局资助出版

特约策划:彭　伦　姚云青
责任编辑:胡真才
封面设计:汪佳诗

出版发行　人民文学出版社
社　　址　北京市朝内大街 166 号
邮政编码　100705
网　　址　http://www.rw-cn.com
印　　制　山东德州新华印务有限责任公司
经　　销　全国新华书店等
字　　数　150 千字
开　　本　890×1240 毫米　1/32
印　　张　6.75
版　　次　2012 年 9 月北京第 1 版
印　　次　2012 年 9 月第 1 次印刷
书　　号　978-7-02-009130-0
定　　价　26.00 元

献给卡尔洛拉

目录

序：她等待属于自己的ICON

顾　铮

有人记得，在一九三八年，那个与荷兰电影导演尤里斯·伊文斯一起来中国，担任其电影《四万万人民》的剧照摄影师的罗伯特·卡帕，在自己随身携带的钱包里放着一个名叫姬达·塔罗的女人的照片。在中国，他不时拿出这张照片示人，告诉人家，这是他的“费昂赛”（未婚妻）。只是他没有跟人家说起她已经去世。

姬达·塔罗，只是一个属于某个男人的女人吗？她只是令某个男人念念不忘的“费昂赛”吗？也许事实并非如此。只是，姬达·塔罗，在她死后八十年，才有机会以她自己的职业形象获得后人足够的关注。

如今，她被认为是人类历史上第一个死于战地的女性记者。她不仅是文字记者，而且也是摄影记者。而摄影记者这个职业，在八十年前，更不是女性可以轻易染指的行当。在历史的云遮雾障中，人们更容易有意无意地忘记许多应该记得的事实。尤其是，她的那个比她年少三岁的情侣、新闻记者同行卡帕的光芒太过耀眼，转眼间，她竟然湮没无闻了八十年。

只是到了二〇〇八年，与那个口口相传的“墨西哥手提箱”出现几乎同时，姬达·塔罗的摄影作品图录与摄影个展分别于二〇〇八年和二〇一〇年出版与举行。二〇〇九年，更有西班牙作家苏珊娜·富尔特斯的传记小说《等待卡帕》出现。

为了说好小说主人公姬达·塔罗的故事，必须、也一定是要把她与卡帕放在一起写的。当然，作为这本小说的主人公的女性，也无法不与某个、或某些男性联系在一起被加以呈现。这事出有因，也理所当然。就像《等待卡帕》这个书名所提醒的，这看上去仍然像是一个女性以某种被动形态来等待一个男人的故事。但实际情形并不如此，而且小说也以细腻的描写与丰富的笔致告诉我们，塔罗在巨大的矛盾中，毅然走出了某个男人的有点不便言说的自私，最后成为了她自己。当然，从结果看，她付出的代价非常沉重。

卡帕来自匈牙利，一九一三年出生于布达佩斯（明年是他诞生一百周年），原名安德烈·弗里德曼。塔罗来自德国，一九〇〇年出生于斯图加特，原名葛尔德·波赫利拉。两人都在一九二〇、一九三〇年代那个动荡的时代里因为卷入政治而先后流亡巴黎。卡帕触犯了匈牙利的独裁者，而年长卡帕三岁的塔罗，则无法忍受纳粹的高压统治而去国。二战前的“花都”巴黎，是当时世界上吸引了最多的各国移民、尤其是欧洲移民的城市，其中包括了大量的犹太人移民在内。在犹太人移民中，不少又是欧洲反犹运动的受害者。因此，许多人实际上是难民。而且，巴黎也不算是个对移民友好的城市。也许任何有可能吸纳移民的城市都是如此。因此，移民的生存成为非常严峻的问题。

移民要生存，最初总有个如何起步的问题。对于文化背景复杂、语言多样的各国移民来说，如何发挥自身优势生存下来，是个大问题。有意思的是，当时的欧洲已经盛开视觉文化之花，供市民阅读的各式画报纷纷出现，画报与报刊对照片的需求也急速成长。摄影师这个职业，对于在文字语言上难以谋生以至出头的移民，似乎较容易胜任。于是，以制造视觉图像为生，成为了一些欧洲移民的重要选择。当然，这并不是说，制造图像这个营生要比文字书写来得容易。那些在图像创造方面取得成功的人与作品，证明他们都有独擅胜场的一面。弗里德曼与波赫利拉，这对在巴黎结识的情侣，在机会多多的巴黎，以异想天开的想象力，胆大包天地各自捏造了伪名，干起了摄影图片生产与自我经纪的营生。弗里德曼改姓卡帕，国籍是美国。而姓波赫利拉的女人变成了塔罗。于是，卡帕和塔罗成为同行。这两人，女的从事图片推销，男的专管影像生产。貌美的女推销员容易打开市场，而雄健的“美国”男摄影家则四处奔走，捕捉人间世相供人消遣，也为历史留证。

卡帕这个名字，来自于美国电影导演弗兰克·卡普拉，而塔罗的名字，则有葛丽泰·嘉宝的声响。后来人们普遍认为，“塔罗”这个名字的来源出自于当时也在巴黎的日本艺术家冈本太郎（Okamoto Taro）。这个冈本太郎，后来因为一九七〇年在大阪世界博览会设计了太阳之塔而成为日本的国民艺术家。而最近，他在日本又忽然大热。青年冈本当时在巴黎异常活跃，画名虽然不如那个巴黎画派的异数藤田嗣治，但也四处露面，汲汲于新知。他到索邦大学注册，上了人类学家马赛尔·莫斯的课，出没于达达之父特里斯坦·查拉的宅邸，参加了乔治·巴塔耶组织的集会，有作品在超现实主义展览展出，受到超现实主义“教皇”安德烈·布勒东的赞赏。（不知道当时在巴黎的中国艺术学生们，有谁如他这般具有广泛的知识好奇心与活跃的交际能力）后来在他的祖国，冈本太郎拍摄了大量日本的民俗摄影。因此，说他与卡帕、塔罗他们有交往并启发出一个新姓名，不是没有可能。至少，在一九三〇年代，另有两个日本记者川添浩史、井上清一与卡帕是密友。在塔罗死后，悲痛欲绝的卡帕有数日闭门不出，是井上清一给他送进水果与三明治，但他后来发现，卡帕根本没有动那些食物。

而回头看，这对富于创意的犹太人情侣，一搭一档，自我经纪，肥水不外流的经营方式，其实就是后来在一九四七年成立马格南图片社的初衷。这个至今仍然向世界源源提供大量报道摄影杰作的图片社，其由摄影家来经纪、管理摄影家作品的自我经纪风格，其实它的创想就滥觞于塔罗和卡帕的经纪方式。

虽然有出色的推销才能，但野心勃勃（无贬义）、头脑“活络”的塔罗显然志不在此。比卡帕年长三岁的塔罗，受教育程度比卡帕高得多。她通晓五国语言，显然不在只能通过视觉语言谋生者之列。早在一九三六年二月，她就获得了荷兰通讯社“A.B.C.新闻服务”所颁发的记者证，从此开始了她的记者生涯。而一九三六年西班牙内战的爆发，也给了包括他们两人在内的各国记者们建立功名的大好机会。尤其是当卡帕于同年九月五日拍摄了那张后来争议不断的《一名士兵之死》而一举成名后，塔罗更有一种紧迫感要证明自己。

卡帕的《一名士兵之死》经过大众传媒的传播，在当时就成为了可与毕加索巨作《格尔尼卡》比肩的有关西班牙内战，也是有关二十世纪人类与战争的名作。作为绘画，《格尔尼卡》是视觉建构的控诉，而来自战争现场的《一名士兵之死》照片，至少在当时，则是事实的雄辩展现。但它们都给出了有关人类、人性与战争的独特诠释。这两者的相同之处是，同样都是有关被摧毁与被消灭的控告，但卡帕照片所给出的视觉与意识的刺激，则是基于人们对于摄影的真实描绘能力的基本接受（这种无条件的接受当然一直在受到质疑），因此也许更经久地潜伏于意识深层，更易于在某些场合被迅速翻检出来和某些历史场面与事件加以比对，召唤某种历史意识。

他们两人对于功名有着同样强烈的企图心，结果这种企图心在卡帕成名后，隐隐地成为两人感情的毒药。两人感情上的趋冷应该就是在这场战争期间。卡帕成就大名，从此不愁稿约，而塔罗作为一个刚起步的记者，也要马力全开地打造自己的专业声誉。在西班牙内战期间，塔罗长时间地“泡”在了战场，因此无暇经纪卡帕的照片。当然，卡帕此时也已经打开局面。但一直习惯了有人帮助推销与经营的卡帕，看到自己曾经的经纪人塔罗，竟然埋头于她自己的记者事业中，心情会不复杂？而且她是文字与摄影两手都抓。何况她的摄影还是卡帕指导点拨的。但在塔罗看来，自己有足够的能力成为一个记者。可是，两人当初确定的合作方式，却使得她无从展现自己。“我不存在，我谁都不是。”这是小说中的塔罗对卡帕发出的抱怨。当然，类似两人关系微妙变化的事情，其实始终充斥于艺术史上的大师与模特之间的复杂关系之中。只是在一对一对由艺术大师与模特或情侣组成的艺术情侣中，较少有人会像塔罗那样，如此决绝地从情侣与经纪人的身份毅然转身为一个敬业的职业记者。也许，两人感情上的困扰须得要从向来被认为理所当然的现代社会男女分工惯性来看，从现在受到质疑的男主女从关系中审视，我们才会有新的发现。

人类任何涉及精神的宏大事业，可能都需要ICON（图符）来概括，以激励其信众与传播其信念。而一场战争也同样需要ICON。

本书中说，“‘一个没有形象的事业，不仅是一项被遗忘的事业，而且是输掉的事业，’他（卡帕）在十一月十八日给姬达的信中写道。”此言是否小说家言，我无法确认。但却实实在在地道出现代各种正道与斜业之奥秘。试看古往今来种种伟大或不伟大的实践，哪个党派、宗教、帮会不去制造、寻找、挪用一些图符，使之成为统御门徒效力、蛊惑众人献身赴死的符咒？二十世纪是大众传播的世纪，更是视觉传播的世纪。各种图像，或给时代添乱，或给众人助威，或揭示真相，或滋事生非。图像，成为了二十世纪的神人、能人们所爱恨交加的一个烫手山芋。如果说《一名士兵之死》既成为卡帕成名与盛名的起点，也是西班牙内战的ICON的话，其实好胜要强的塔罗，在她的要比卡帕的西班牙采访似乎更为坚韧、艰苦与长期的采访工作中，也在孜孜寻找一枚属于她自己的、也属于与她有关的时代的ICON。

塔罗也找到了属于她自己的ICON。那张身着短打的女性手持手枪，单膝跪地，身体前倾做出瞄准击发姿势的照片，就是塔罗在西班牙所摄，然后发表在《VU》杂志上。在这张照片里，这位正在接受军事训练的西班牙女性，其举枪姿势富于动感，形成蓄势待发之势。她捕捉到的这个姿势，对处于历史关头的欧洲女性（尤其是西班牙女性），很具象征意义。她们正在大时代中积蓄能量，等待并且寻找一跃而起的合适机会。在天主教国家西班牙，塔罗拍摄到的武装的女性形象，具有划时代意义。这是一张女性记者为女性自身所选择的历史性瞬间，并且为之定格。这张照片不仅表明西班牙女性为了保卫共和而走向战场，而且也象征了女性在战争中从一般意义上的后方走向了前线的历史性变化。如今，这张照片更可以被看成是二十世纪现代史上欧洲女性为提升社会地位所做努力的代表性作品。这个女兵的身影，其实也与塔罗拍摄照片的身影重叠。如果那个女性手中的手枪换成一台照相机，姿势稍作变换，也许就是塔罗摄影时的势态。这张照片，当然属于塔罗，但也属于二十世纪女性。她等待卡帕，也在等待属于自己的ICON。

如果我们把塔罗的这张照片与卡帕的《一名士兵之死》结合在一起解读的话，也许对于我们理解西班牙内战会有更大帮助。如果说，《一名士兵之死》是为西班牙人民反法西斯做出的献身与失败所作的悲壮注解的话，那么塔罗的受训女兵则成为了西班牙人民、尤其是女性为争取自我实现与社会进步的视觉象征。他们两人都面临移民的自我发现与自我实现的问题。而作为女性，塔罗的自我实现之路也许更为艰苦。但是，他们终究都以各自的方式获得了各自的自我实现。

一九三七年七月二十五日，就在她计划回巴黎前一天，塔罗在前线受属于共和军一方的坦克的刮擦而重伤，在送医院后于七月二十六日不治身亡。卡帕是在巴黎从共产党作家路易·阿拉贡那里获悉她身亡的消息。阿拉贡主编的《今晚报》在头版刊出了塔罗去世的消息。一九三七年八月一日，在巴黎举行的葬礼上，巴勃罗·毕加索、安德烈·马尔罗、保罗·尼赞、路易·阿拉贡、让·雷诺阿等许多法国文化人，都来到葬礼现场表达对于塔罗的哀悼之意。而这一天刚好是她的二十七岁生日。虽然塔罗不是法国共产党党员，但她的葬礼却是由法共操办，而且是法共出资为她在拉雪兹神父墓地购买了为期一百年的墓地使用权。

作为一个在新闻史以及摄影史上受到忽视的记者，塔罗的工作直到所谓的“墨西哥手提箱”的出现才受到正视。藏身于三个纸箱中的大量胶片，分别属于本书中的三位主人公：罗伯特·卡帕、姬达·塔罗、大卫·“奇姆”·塞伊莫尔。这三个纸箱，是卡帕一九三九年离开巴黎赴纽约时匆忙交给犹太人、匈牙利摄影家伊姆雷·威兹保管的，但此人后来在马赛被捕，纸箱落入同情西班牙共和军方面的墨西哥外交官手中。这三个纸箱随着外交官的回国辗转到了墨西哥。二〇〇七年，这批东西入藏后来由卡帕的弟弟康奈尔·卡帕创设的纽约国际摄影中心（ICP）。而经过摄影史专家的仔细考辨，保存在纸箱中的大量塔罗拍摄的照片也终于重见天日。

由于卡帕和塔罗两人当时所使用的照相机不同，也使得后人得以方便地区别两人的摄影作品。塔罗开始采访时使用的照相机是方形画幅的禄来福来照相机，所谓中画幅照相机。而卡帕则是使用机动性更好的小型莱卡照相机的高手。当初两人的报道摄影作品以一个名字“罗伯特·卡帕”面世，发表在像《VU》、《苏黎世画报》等著名的视觉系杂志上。但后来，塔罗也开始发表署有“PHOTO TARO”字样的照片，这显示她开始展现其作为记者的独立性。通过对于照片小样印张与采访手记的仔细比对，人们终于把一个女摄影家从历史的暗影中拉了出来。当然，后来塔罗也许也体会到小型照相机的便捷，因此开始用起了小型照相机。这就为区别她与卡帕的照片带来了一定的困难。

了解一九三〇年代的卡帕、塔罗的活动，须得要把他们放进一个艺术史上所谓的“两战间”这个特殊时段里考察。“两战”指的是一战和二战这两场世界大战。“两战间”时期是一个战争、政治与文化复杂交织在一起的时代。一个悖论性的现象是，战争的阴影（无论是之前的与将来的战争阴影）越是浓重，文化的创造却越是绚烂多彩。当时欧洲面临的情况是，一战刚结束不久，而二战的威胁却接踵而来，战争的可能性越来越明显起来。刚刚走出一战阴影的人们，在欲望与物质享受上，有足够的理由与机会满足自己。而强烈的创造冲动也在每个有着艺术天赋的艺术家内心奔窜。当时的文化所受到的刺激，可能从来没有如此丰富过。在文化艺术的所有方面，都有杰出的大师与作品面世。无论是高文化还是低文化，也都有符合时代精神需求的精彩表现。恰恰就是在这个充满了危险、诱惑与冲突的时代，人们的理性与情感找到了形式丰富的表现出口。

而因为政治与社会原因而产生的流亡与移民，也使得当时国界的概念受到严峻挑战。欧洲各民族国家才稳固不久，却又因为移民的流动而使得民族国家的身份形象变得有点模糊。由此带来的文化的流动与杂交，却成为了二十世纪文化生产的催化剂。比如，匈牙利，乃至于在第一次世界大战中崩解的奥匈帝国，就在“两战间”这个特殊时期为世界输送了大批的优秀摄影家。卡帕其一，另外还有马丁·蒙卡西、安德烈·柯特兹、布拉赛、拉兹罗·莫霍利-纳吉、丽赛德·莫德尔等。

一九三七年的巴黎世界博览会上，高耸在苏联馆顶部的是一个由女雕塑家穆希娜创作的男工与集体农庄女庄员的塑像。在苏联馆对面，第三帝国馆于是硬生生拉拔起一个凛然的帝国之鹰，与苏联的这尊宣传雕塑极品高空对峙。如果说，这种图符的空间对峙，只是一场两种意识形态的符号战争的话，那么西班牙内战，就被认为是现代史上第一场意识形态的代理人战争。在欧洲，德意法西斯主义的扩张猖獗嚣张，而为了抵抗法西斯主义的扩张，在苏联支持下，全球共产主义者（其间混杂着大量的斯大林主义分子）、无政府主义者以及其他持有自由左派政治主张的人们，仓促地集合在一起，想要一朝击垮仰仗德意法西斯支持的佛朗哥将军指挥的叛军。这个国际主义阵营虽然看上去声势浩大，但内部团结却不甚理想。习惯于残酷斗争的斯大林主义者已经渗透到许多成分复杂的队伍中间，这批左派分子长于主义的内斗，却因此甚至眼睁睁地看到自己的队伍因此涣散了战斗力。

当然，西班牙内战还是为国际反法西斯力量的集聚提供了机会。革命与战争，在某种程度上说，尤其是给女性走进社会、发挥作用改变社会提供了机会。在玛格丽特·胡克斯的《蒂娜·莫多蒂：摄影家与革命》（玛格丽特·胡克斯，一九九三）中提到，在西班牙内战中担任护理工作的摄影家莫多蒂在战地救护工作中与卡帕、塔罗有过接触。意大利裔美国人莫多蒂，作为美国摄影家爱德华·威斯顿的情人，与他出奔到墨西哥。但她后来就此滞留墨西哥，先成为摄影家，后又变身为职业革命家，遭墨西哥政府驱逐而流亡欧洲。在西班牙内战时，莫多蒂是以护士身份帮助共和国一方。胡克斯在书中提到，知道莫多蒂真实身份（摄影家）的塔罗曾经劝莫多蒂重归摄影。但已经参加国际红十字会工作的莫多蒂拒绝了，她认为一个人不能够同时从事两种工作。塔罗与莫多蒂，两个跨越了各自祖国边界的现代女性，走了两条不同的人生道路。

卡帕、塔罗的成名，还得益于摄影技术的进步与大众传播的形成。机动性高强的小型照相机终于可以被记者们随身携带到现场。大批新闻现场照片的出现，大大刺激了市民看的欲望，新闻的质量也因此发生从“读”到“看”的变化。从某种意义上说，卡帕、塔罗他们就是二十世纪视觉文化的助产士。

他们两人都以战地报道青史留名，表面上看似乎仰赖血与火成名。但实际上，较全面地观览他们的照片，我们会发现他们在采访中更多着墨于身处战争这个非常态中的人的人性显现，关注的是人性中的不移心性与生活中更为持久的常态性事物。他们的照片之所以更多地驻留于人们心中，其实亦多与此有关。

塔罗去世后，卡帕的内心从此形同荒漠。塔罗是“卡帕”这个名字与后来摇身一变为真实之人的罗伯特·卡帕的发明者。如今，自己的发明者不存在了，被发明者的存在意义与价值又何在呢？他走向了虚无，把冒险犯难换来的高额稿费迅即投入赌博，也与众多美丽女性厮混。他出生入死，也醉生梦死，内心但求及早与“卡帕”的生产者同归一起。从本书书名看，似乎以卡帕为一个被等待者，但也许，在塔罗死后，卡帕就从一个被等待者成为了一个等待者。他在可以麻痹自身的酷烈的战地报道中，默默地等待在某个时刻，以某种方式去与塔罗相遇。

西班牙内战进行时，在欧洲人眼中的远东，中国大地上抗日战争的烽烟已经燃起。与伊文斯、奥登和伊修伍德同船来华的卡帕，在他内心可以说是孤身来到中国。因为当初卡帕是与塔罗说好了要一起去中国采访的。人们把他在中国的“炫耀”未婚妻的举动视为谈资，但此一举动于他本人，实乃事出有因。他带上了塔罗的照片，是为了履行一起来中国采访的诺言。在中国，他去了台儿庄战场，去了武汉，去了南昌，拍摄了大量反映中国抗战的历史性照片。他的中国之行计划中，也包括了报道延安的设想，但因为国民政府的严格监管而失败。

卡帕拍摄的这些中国抗战时期照片，现存超过五百张，除了一小部分面世之外，大部分仍然沉睡于纽约国际摄影中心（ICP）的收藏库里。去年十一月，本人有幸在ICP目睹这些照片的小样与印放好的大张照片。来自照片的直接的感动，毕竟不同于那些被复制在书本与报刊上的影像。什么时候，这批有关我们民族的抵抗外敌的图像能够与国人见面?

再后来，卡帕来到欧洲战场，见证了诺曼底登陆的宏伟场面。那张游动于奥马哈海边滩涂上的美军士兵的影像，模糊抖动，既传达出战争的动感，也再次见证一个战争摄影老手的惊慌与勇气。即使后来传出卡帕与英格丽·褒曼的绯闻，这段恋情，最后仍告无疾而终。我想原因也许在于，已经是塔罗附体的卡帕再也无法接受沉稳的生活所带来的安逸的痛苦，也不愿因为自己的职业而令生活伴侣为他担惊受怕。这也许正是对于所爱之人的真正的负责态度。卡帕从一个也许是不懂责任的人，到成为刻意回避家庭与责任的人，从根子上溯源，也许就是因为塔罗之死。

本书作者苏珊娜·富尔特斯认为，从佛朗哥专制转型为民主国家的西班牙亏欠了这两位为她的祖国贡献了才华与生命的年轻人，因此起意以小说为他们立传。

虽然《等待卡帕》是部虚构小说，但几位主要人物都具真名，像部小成本制作的电影，笔墨多聚焦于这两个情侣及周边人物（如“奇姆”），故事线索也较精简。他们之外的其他少数人物形象相对模糊，因此更易于虚构。而作者所把控的人物活动年代，也就围绕西班牙内战发生前后的几年时间，因此视角相对收拢，焦点清晰。当然，对于作者来说，如何把握文学与纪实（非虚构）之间的尺度，确实是一个挑战。但由于大量收集到所需素材，因此细节上的真实使得小说仍然饱满。她在接受本书译者的访谈中说："我梳理了所能找到的全部材料：信件、回忆录、传记、与姬达相识的人撰写的回忆材料，亲历那场冲突的作家、友人和记者等等。但我非常清楚自己不想写一部散文，而想写小说。我不希望两人的故事淹没在史料中。这其实是文学料理。要调配出风味绝佳的蛋黄酱必须把握搅拌油与蛋液的力道，使之交融互不分离。我怀着诚敬之心对待传记材料，而且以文学的张力，幽默感，愤怒，对立的情感，也就是说用文学去充实材料。"我们相信她的诚意与职业标准。这个职业标准对她而言，其实包括了作为历史学家与作家的双重要求。我觉得，此书是一个当代女性作家所写的、试图进入另外一个女性的内心的有关一个时代女性的心理传记小说。

此书也已经引起一些电影导演的兴趣。《国家公敌》导演迈克尔·曼购买了《等待卡帕》一书的改编权，据称，影片将于二〇一二年面世。

战地记者这个行当，即使在卡帕自身看来，也不能算是一个光荣的职业。他愿意自己是一个"失业的"战地记者。因为他失业，也许说意味着人类暂时相安无事。但是，只要以战争为职业的某些政治寡头与某些组织仍然存在，战地记者这个行当仍然不会消失。在仍然战事不停的叙利亚，刚传来玛丽·柯尔文与摄影记者安东尼·沙迪德阵亡的消息。更早前，在利比亚，更有获得过"罗伯特·卡帕奖"的摄影记者葬身炮火。卡帕、塔罗的故事仍然在继续。如果说，冲突与争夺是人类无法改变的本性，那么战争就无法避免地被一些人看成是解决冲突的最终手段。于是，记者们不绝于途地走向战场。人类尽管无法避免战争，但人类在战争中的困苦，却是记者们所经历与要告诉大家的。看了此书，我们可以再次确认的是，他们的事业，仍然在继续。因为某些人的战争冲动、喜欢以暴力解决争端的习惯从来没有结束过。

Esperando a Robert Capa

如果需要信仰，或许我会屈服于某种宗教。可我是记者，而上帝只为那些写社论的人存在。

——格雷厄姆·格林《沉静的美国人》

一部货真价实的战争史是不可能合乎道义的。它既无教意，也不培养美德，不提供人类正确行为模式的建议，更不向人们的一贯所为布设障碍。要是一部历史貌似仁义道德，千万别信以为真。

——蒂姆·奥布赖恩[1]《他们所携之物　曾战斗的人们》

日光明丽的一天，一支香烟，一场战争……

——阿图罗·佩雷斯·雷维特[2]《科曼切的土地》

致姬达·塔罗，她在西班牙前线度过了一年并在那个国度献身。

——罗伯特·卡帕《走向死亡》

---

① 蒂姆·奥布莱恩（1946—），美国作家。

② 阿图罗·佩雷斯·雷维特（1951—），西班牙作家。

第一章

“回头总是太迟。有一天你幡然醒悟，明白这样子没个尽头，永远不会变。当机立断，去赶第一趟火车。要么这里要么那里。非黑即白。我对此人深信不疑，但那个人我不相信。昨夜我梦见在莱比锡，和乔治还有其他人在湖边的房子里开会。围坐在铺着帆布的桌边，桌上摆放着插有郁金香的陶土花瓶，一本约翰·里德[①]的书和一把手枪。我整夜都梦到那把枪，醒来时喉咙里一股煤灰味。”

姑娘合起放在膝头的笔记本，抬起头，目光转向小窗前疾速闪过的风景：在莱茵河和孚日山脉间绵延的翠绿田野，点缀着星星点点木屋的村落，一个玫瑰园，在中世纪无数把阿尔萨斯夷为平地的战事中数次被摧毁的城堡废墟。历史就这样走入我们，她这么想着，根本不知道脚下的土地很快将再次成为战场。坦克，布莱海姆中程轰炸机，双翼歼击机，德国空军的亨克尔51战斗机[②]……火车经过一片墓地，包厢里的其他乘客划十字祈福。从那种颠簸中醒来实在太难。

每隔一会儿她就把太阳穴贴到窗框上。她累了。闭上眼，她看到父亲紧裹着件厚实的粗纺羊毛大衣，在莱比锡车站的站台对她说再见。父亲牙床周围的肌肉紧绷着，像站在灰色遮阳棚下的一名码

---

① 约翰·里德（1887—1920），美国诗人、记者。社会主义国际主义者。

② 亨克尔51战斗机，自二次大战早期阶段开始成为德国空军轰炸机中数量最多及最主要的机种。

头工人。他牙关咬紧，攥紧衣兜里的拳头，用意第绪语极小声地发誓。是那些不会哭的男人的举动。

性格问题抑或原则问题。跑着离开之际，感情只会让事情更糟。父亲同眼泪之间有种奇怪的对峙。从小就不准他们哭。孩子们要是在外头打架，而且成了输家，回到家不能抱怨。裂开的嘴角或青紫的眼眶是打过架再充分不过的证据。但不许哭。当然，对女孩子另有章法。可她崇拜自己的兄弟，宁可不接受与他们区别对待。她就这样长大。根本不流泪。父亲很清楚自己所说的话。

他传统守旧，东加利西亚人，仍旧穿橡胶底的农人鞋履。她记得，小时候，父亲的鞋印连同菜园里的鸡窝好似一头大水牛的样子。在安息日的犹太人集会上父亲低沉的嗓音宛如他在花园中的脚步声。差不多九十公斤的深沉。

希伯来语是种古老的语言，留存在废墟的孤寂里，犹如源自山麓或船只汽笛呼唤你的声音。圣诗的配乐依然令她感动。在睡梦中听到这样的乐声时，她脊背上有过电的感觉，就像此刻当火车远离了国界的另一边时，肋下恰好有轻微的痒痒。灵魂该在那儿，她想。

她从不知道灵魂是什么。小时候，他们住在鲁特林根[①]时，她觉得母亲晾在屋顶露台上的白色尿布就是灵魂。奥斯卡的灵魂。卡尔的灵魂。也是她自己的灵魂。然而现在她不相信这些事情。要是可以，她会拧断亚伯拉罕和十二个以色列部族的上帝的脖子。她什么都不欠他的。她对英国诗歌的偏爱更多一万倍。她想，艾略特的一首诗能让她摆脱困惑，而上帝连把她带出维西特街监狱的忙都帮

① 鲁特林根，德国地名。

不上。

确实如此。她自个儿离开了监狱，镇定自若。像她这么青春年少，满头金发，穿着如此得体的姑娘怎么会是共产党，监狱看守肯定这么想。她也这么想。当她时常出入瓦尔德乌网球俱乐部时，谁会告诉她她最终会钟情于政治。漂亮的古铜色肌肤，白色运动服，迷你百褶裙……她喜欢运动给身体的感受，她也去跳舞，涂唇膏，戴帽子，抽带过滤嘴的香烟，喝香槟。就像《戈斯达传》[①]中的葛丽泰·嘉宝。

随着一声长鸣，火车钻进了隧道。他们陷入黑暗之中。她深吸车厢中散发的火车气息。

她不特别确定是在哪一刻所有的事情都走了样。一切都在不知不觉间发生。是因为那讨厌的煤屑。一天，街上开始弥漫火车站的味道。烟熏火燎的，一股烧焦的皮革味。擦得锃亮的高筒靴，皮带，棕褐色衬衫，带搭扣的腰带，军用装饰物……一个星期二，她和女友露丝去电影院，在魏森霍夫住宅区见到一群正高唱纳粹党歌的男孩子。还乳臭未干呢。她根本不把他们当回事。然后严禁犹太人去商店的禁令就颁布了。她记得母亲被一个店主推搡出门，弯腰去捡落在门边的围巾。那形象犹如留在记忆里的一块血肿。一条沾满雪花的蓝色围巾。差不多同一时期开始焚烧书籍和乐谱。再后来，体育场上开始挤满了人。贤淑的妇女，健康的孩子，威严可敬的父亲。他们并非狂热之徒，寻常百姓而已，有卖阿司匹林的商贩，家庭主妇，大学生，还有海德格尔的弟子。这些人都洗耳恭听演讲，未受蒙骗。他们明白正在发生什么。不得不作出选择，他们

---

① 《戈斯达传》又名《古斯塔柏林传奇》（1924），瑞典电影。

做了。是抉择。

三月十八日晚七点在她父母家，党卫军的一个巡逻队把她抓走了。下着雨。他们来找奥斯卡和卡尔，因为找不到他们就把她带走了。

捣碎的锁头，掀乱的柜子，打开的抽屉，四处散落的纸张……他们搜到了乔治从意大利寄给她的信。据他们说，信里有布尔什维克主义的垃圾。能指望从一个俄国人那儿得到什么呢？若不扯上阶级斗争，乔治根本没有谈情说爱的本事。至少他逃出去了而且平安无事。她对他们如实交代，他们是在大学里认识的。他在莱比锡学医。他们差不多算得上男女朋友，不过各自住在自己的地方。他从未陪她去过一次她朋友邀约的聚会；而她也从不打听他那些一直开到天亮的会议。“我对政治从来就不感兴趣，”她告诉巡逻队员。看上去他们大概信了她。想来是她的衣着帮了她。她穿一条深红色的裙子，是特拉姨妈送她的毕业礼物，高跟鞋，领口开得很低的衬衫，仿佛党卫军巡逻队员恰巧在她跳完舞后逮捕了她。她妈妈总说穿戴得体能救她的命。她说得有道理。没人揍她。

当她被沿着走廊带向小牢房时，听见审讯者的呵斥从西侧的屋子里传出。轮到提审她时，她表现得异常出色。一个天真的，受了惊吓的年轻姑娘。她确实害怕，不过还没到脑子一片空白的地步。有时候，活下去只依靠保持冷静和全部警觉。他们威胁她在卡尔和奥斯卡自首之前会让她体尝铁窗之苦。她却说服他们自己确实不能给他们提供任何信息。她的声音时断时续，双目睁得大大的，笑容甜美。

夜里她蜷缩在单人小床上，默默无语，抽着烟，望着天花板，孤傲里夹着一丝哀怨，盼着所有的做戏早点结束。她想着自己的兄弟，为他们祈祷，希望他们能像乔治那样通过秘密途径去往瑞士或意大利。她也盘算离开牢狱后自己的出逃。德国已不是她的祖国。她考虑的不是暂时的逃离，而是开始一种崭新的生活。学过的好几种语言应该派得上用场。她必须离开这里。她就要成功了。对此她确信无疑。她有一颗幸运之星。

火车驶出隧道重见天光，带着轰隆隆的汽笛声在山间逶迤穿行。另一幅风景映入眼帘。一条河流，苹果树环绕的农庄，几处小小的村落炊烟袅袅升起。当火车驶离最后一个弯道时，正值黄昏，一群孩子在路堤的最高处张开双臂，左右挥舞双手。

五岁时在鲁特林根她看到第一颗流星。他们带着晚饭要吃的谷物糕饼和炼乳从雅各面包房往家走。卡尔走在前头，边走边踢石头；奥斯卡和她总落在后头一点，兄长卡尔抬起手指指向天空。

“小鳟鱼，你看。许个愿吧。”他们一直这么叫她。空中的黑暗泛出洋李色。三个孩子肩挨着肩仰头望天，那些星星宛如盐粒，三三两两地坠落。回忆之际，她仍旧能从他们肩上嗅到毛衣衣袖的羊毛味。

“彗星是一份送来幸运的礼物。”奥斯卡说。

“就像生日礼物吗？”她问。

“比生日礼物更好。因为是份永恒的礼物。”

兄弟姊妹间知晓的事儿成了间谍用以辨别他们身份的暗号。记忆随着童年的悠悠岁月，悄然流逝。

卡尔一直是三个孩子当中最聪明的。他教她被捕时怎么做，教她用共产主义青年团使用的联络暗号，在墙壁上敲打字母。这至少为她赢得了同牢房女伴的尊重。要在牢里生存，必须尽最大可能相互帮助。知道多少就有多少价值。另外，奥斯卡教她怎么拥有骨子里的坚强，藏匿弱点，冷静沉着，充满自信。激情不会背叛你，奥斯卡告诉她，危险自会逃之夭夭。要看着危险到来。她疑虑重重地望着周围。车厢里的一名男乘客不停地抽烟。他身穿一袭黑衣，双臂撑在窗框上，打开车窗好让烟雾散去。毛毛细雨润湿了他的头发，滋润他的肌肤。她能嗅得到，她想。他在这，在我身边。你的脑子必须转得比他们更快，你逃吧，溜走，随便怎么消失吧，变作另一个人，她对他说。于是，她学会自己编出一个人物并杜撰其行动，就像少年时和女友露丝在阁楼一起模仿默片里的女主角，摆出挑逗性的姿势，一根带着长长过滤嘴的香烟夹于指间。阿斯泰·妮尔森[1]和葛丽泰·嘉宝。生存就是向前逃。

两周以后他们释放了她。四月四日。窗台上有一盆红色的大丽花和一本打开的书。家人求助波兰领事的路子非常奏效。可她始终认为自己之所以能离开那儿是因为那颗星星。

在这个世界上感受星座的能量从来不是什么比方，如同泉水的源头总无一例外地指向磁极，这种令人惊叹的精准用不着证实。千百年来，星星为地图绘制者和航海者指引道路，远隔百万光年给他们传递信息。如果悦耳的声音在苍穹飘荡，在银河系的某个空间肯定有人们的赞美诗、连祷文和祈祷在星星中浮游。

耶和华，天主，赛义德，神，无论你是谁，天灾和海洋的主宰，对事端与被摧残者的立法者，意外不幸与破坏的主人，救救我

① 阿斯泰·妮尔森（1881—1972），丹麦电影与戏剧女演员。她是电影史上第一位享有国际声誉的明星。

吧。火车驶入月台，东站的站名出现在高高悬挂的弧形铁片上。车窗的另一侧，工作日上午的旅客和通常一样熙来攘往。女孩打开笔记本，写下文字。

“如果你能归返的地方不存在，你必须相信自己的运气。随机应变的能力还有冷血。这些统统是我的武器。我从小女孩时就开始使用。所以我依旧活着。我叫葛尔德·波赫利拉。虽然我出生在斯图加特，但我是持波兰护照的犹太人。我初到巴黎，二十四岁，我活着。”

第二章

门铃响了。她端着茶壶在厨房的炉灶前一动不动，屏住了呼吸。她谁也不等。从阁楼的窗子看出去，一朵灰色的云朝罗比诺大街的屋顶压过来。破损的玻璃被露丝仔仔细细地用一块橡皮膏给粘住了。自她来到巴黎，两人一直合住在那所公寓。

葛尔德紧咬嘴唇直到渗出点血来。她本以为已不再惧怕，但并非如此。这是她学到的一件事。恐惧，真正的恐惧，一旦驻扎于体内，就永远不会离去，它谨慎地藏匿在那儿，即便无缘无故，一个人在一座城市中，安然无恙地待在带天窗的顶楼，城里没有会打人致死的牢房。就好像下楼梯时总是踩空一阶。我了解这种感觉，她自言自语道，恢复了呼吸节奏，仿佛肾上腺素的升高让她情绪平息下来。此刻，恐惧就在厨房的瓷砖上，有点茶汁溅在了上面。就像认出许久之前的旅伴那样，她认出他来了。彼此都知道对方在什么地方。你在那里。我在这里。每个人在自己的地方。也许这样挺好的，她想。铃声再次响起时，她很慢很慢地把茶壶放在桌子上，准备去开门。

上唇有一撮汗毛的精瘦小伙子在把信交给她之前，带着某种敬慕朝她弯下身。一种长信封，没有官方印戳，不过盖有难民援助中心蓝红相间的图章。上面是打字机打出的大写的姓名和地址。拆信封时，她觉察到太阳穴周围血管的跳动。大概就像被告人等待陪审团裁定的感受。有罪。无辜。她不太明白信里的内容，不得不念了好几遍直到肌肉的紧绷感消失，表情变得和拨云见日后一样。并非正绽露出的微笑，而是笑容又栖身于心底，夺取了脸部所有特征，不仅仅在嘴角，而且有双眸，陡然间她看屋顶的方式仿佛发现一根天使的羽毛在那里盘旋。有的事情只有兄弟姊妹间才知道怎么说。一旦他们聊完了那些事，一切复归原处，整个世界重新布排。孩子们晚饭前在门厅的走廊高声朗读的探险小说片段可能包含着一个无人能破译的密码。所以当葛尔德念完“在他眼前，一条百转千回的河流清晰呈现。在一块封闭的空间耸立着两座大教堂，三座宫殿和一个军火库……”时，她感到煤油灯微弱的火苗散发的热量从毛衣袖窜到身上，火光照亮了封面，上面印着一个双手被缚的男人在茫茫雪原中行走在一个策马扬鞭的鞑靼人后面……其时她确定无疑地知道那条河是莫斯科河，围墙内的地方是克里姆林宫，而城市就是莫斯科，跟儒勒·凡尔纳在第一章里的描写一模一样。她平静地呼吸着，心里明白了奥斯卡和卡尔平安无事。

那个消息让她感到一种从骨子里渗出的强大能量，一种迫切需要表达出的兴奋之情。她想告诉露丝、威利，还有其他人。她注视着洒满柜门的月色。两手插进衣兜，金黄的短发贴在耳边，眉毛高挑。她正谨慎地思索揣摩，好像突然面对一个陌生女人。一个身高不足一米五的女人，小小的身躯，像名赛马骑师那样毛发厚重。既不是特别漂亮，也不非常聪明，是那年抵达巴黎的两万五千名难民中的一员。衬衫袖子在胳膊上挽了好几层，灰裤，下巴尖瘦扎眼。她又贴镜子更近些，察觉到眼里包含着什么，一种本能的倔强劲，她不想或不知道如何诠释。她只是从床头柜的一个抽屉里拿出一支口红，嘴唇微启，用一种浓烈的，近乎寡廉鲜耻的红色，勾画出微笑的轮廓。

有时候，一个人待在离家数百公里外的拉丁区的一间阁楼，天花板布满水渍，发自管道的回声犹如船的汽笛鸣叫声，不太清楚生活会是什么样子，没有居留许可，除了来自斯图加特的朋友们有时塞给她的并不很多的钱；一个人能体会到离乡背井最古老的理由，走过生命中最漫长的一千米距离时心灵所不得不承受的全部煎熬，然后对镜自看却发现脸上洋溢着一种幸福的坚强意志，一种兴奋的、不可征服的、毫无裂隙的果断。或许，她想，这微笑是我唯一的通行证。那些天里，全巴黎最红艳的嘴唇。

她飞跑着拿下挂钩上的外套，冲入晨曦中的巴黎街头。

几个月前起塞纳区就成了一个各种想法集聚，作出大胆惊人之举的理想之地。蒙帕纳斯一带的咖啡馆全天营业，变成初来乍到者的聚会中心。他们互相交换住址，讨论谋职的可能性，聊聊德国的最新消息，有时候也会收到几份柏林的报纸。习惯上是一溜都转下来，从一张桌子换到另外一张桌子，对整个工作日发生的事情有一个全面的总结。葛尔德和露丝通常在多摩咖啡馆的露台上碰面，这正是葛尔德以独特的方式行走的目的地。葛尔德双手插在外衣口袋里，过塞纳大街时由于寒冷双肩耸起。她喜欢那种灰蒙蒙的光线，宽松的时间安排，屋顶上的铅管，敞开的窗子以及来自世界的想法。

但巴黎远不止这些。不少法国人将蜂拥而至的难民看做一种负担。“那些巴黎人拥抱你，过后把你丢在院中央打战，”露丝总会这么说，倒也不无道理。欧洲犹太人的宿命开始遮住这座城市的围墙，就像从前在柏林，布达佩斯，维也纳出现过的情形……由于葛尔德要去奥斯特里茨车站取包裹，她们经过那里的时候，葛尔德看见一群“火之十字架[①]”的年轻人正在往地铁站的墙上贴反犹标语，她觉得黑夜骤然来临。一股刺鼻的煤尘味再次蹿到嗓子眼。意料外的惧意，跟听到家里门铃响时产生的恐惧完全不同。更像一种无法控制的爆发当头一棒的茫然，令她想要发出干涩且强有力的喊声，一种根本不像她本人嗓音的声音。

“法西斯，婊子养的！”她听到自己用地道的法语高声而清楚地骂他们。是五个小伙子。全部身着皮衣，脚蹬高筒靴，摆出一副不可一世的架势。沉着和冷静跑到什么鬼地方去了？她后悔这么想但为时已晚。从邮局走出来一个上了年纪的男人，带着谴责的目光从上到下打量她。法国人总是这么彬彬有礼。

那伙人里个子最高的那个又逞起威风来，大跨步朝她走过去。她本可以找间店铺或咖啡馆或者干脆就待在邮局里寄送包裹的房间里避避，但她没有这么做。她没想躲避。她只是改变了方向，沿着阳台悬于墙外的一条逼仄的街道朝前走。她走着，尽量不加快步伐，她本能地保护自己，将手袋紧贴在腹部，凝神静听背后的脚步声，小心翼翼却不回头。当她真真切切地听到身后那家伙指着她吐出的每个字时，连一条街都没走完。尖利的声音如同锯子的齿锋。就在那一刻她撒开腿奔跑。使出全身力气。无所谓去哪里，仿佛跑开并非是回应刚刚听到的确凿无疑的威胁，而是另一种不同的弹跳力，那种力量在她内心，如同被囚禁在迷宫中一般令她迷惑。她在迷宫里。她口干，感到一种羞愧与受侮辱的刺痛顺着食道蹿上来，就像她小时候在学校时，女同学讥笑她的习惯。在安息日期间，不

① 原文是法语。

许触碰钱币。而灵魂深处她倾全力痛恨自己是犹太人，这让她总遭攻击。身为犹太女子的事实就是一条滑落在香料店门槛处沾满了白雪的蓝色围巾，受惊吓的母亲，低垂着头。眼下，她避开突然在面前碰到的行人，叫他们不得不愕然地回头瞧她：一个行色如此匆忙的年轻女子，只可能从自身逃脱。从灰色折线形屋顶的建筑物拐过，一股菜花汤的香味搅翻了她的胃。她不得不在那里停下脚步。她抓住拐角处的铅管，把早餐喝的茶一股脑儿都吐出来了。

当她终于到了多摩咖啡馆的露台时，时间已过十二点。她出了一身汗，潮漉漉的头发向后倒下去。

“你究竟出什么鬼事了？”露丝质问她。

葛尔德耸起肩膀，双手插在衣袋里，团缩在一张大藤椅里，默不作声。或者说至少她的意思不明确。

“今天晚上我去库波勒咖啡馆，”这就是她所能说的全部。“你要是愿意陪我最好。你不去的话，我自己去。”

她的朋友突然满脸严肃地注视她。她的双眼像是在盘算，要自己得出结论来。她太了解她了。

“你确定吗？”

“当然。”她答道。

这个回答可以指很多事，露丝想。其中一种可能性就是回到起点。想要从同一个摔倒处逃跑。可她什么也没说。露丝理解她。她怎会不懂葛尔德的心思呢？在她们做工的难民中心第四处，每次看到人们不得不打发那些刚来的难民到别的社区看看，虽然心知肚明他们到了那儿也会被拒之门外，因为早已没法给所有难民提供临时住处和食物时，她恨不得所有的魔鬼把自己裹挟而去。最大的难民潮在最糟糕的日子拥来，失业数字急剧攀升。不少法国人觉得移民夺走了自己嘴里的面包，于是大街上的反犹游行越来越多。源自德国的包围圈危险地逼近每个地方。

移民们不得不传着用同一张一千法郎的纸币，在法国海关出示，表明有足够的收入，好获得入境许可。葛尔德和露丝没这么无依无靠。她们年轻靓丽，有朋友，没有语言障碍，知道摆脱困难自立。

“你就缺个果敢镇定的男人。”露丝边说边点燃一根香烟，这显然是改变对话的一种方式。“看看心被男人牵着能不能让你别再把生活复杂化了。葛尔德，你不会独处，承认这点吧，你老冒出稀奇古怪的点子。”

“我不是一个人。我有乔治。”

“乔治离得太远了。”这时露丝面露些许愠色回过头去看着葛尔德。临了总是她成了葛尔德的保姆①，并不是因为她年长几岁，而是她们俩之间的事始终这么处理。她担心葛尔德重又卷进麻烦里，就尽力避免这种情形出现，却未曾察觉有些时候命运洗错了牌，躲过了狗，碰见了狼。不是预示的那样，意料之外的事总毫无迹象地降临，偶然发生，也可能同样偶然地不出现。如同一次约会，一帧信笺。一切都将到来。甚至死亡也会来临，不过要善于等待死亡。“今天我认识了一个匈牙利人，有点疯疯癫癫的，”露丝挤弄着眼睛共谋般补充道。“他想给我拍几张照片。他说需要找个金发姑娘拍组广告。你想象一下，一家瑞士人寿公司……”她说着，脸上洋溢着一种夹杂着粗俗和小小虚荣的笑容。的确，大概所有人都能纹丝不差地

---

① 原文为英语。

想象到这样一个广告。露丝面容健康，笑意盈盈，披着一头半长的金发，发线偏左，额前一缕松糕状波浪令她平添电影明星的气质。她身边的葛尔德梳着男生那样的短发，颧骨瘦削，幽绿的双眸闪着点点绿色和黄色，透出机灵，并不是一种罕见的美丽。

两个人倒在露台上的藤椅里开怀大笑。葛尔德最喜欢她朋友这点，让她很轻易地就发现事物有趣的一面，并将她从自己思想最黑暗的深渊拉出来。

“付多少钱给你？”她很务实地问道，没忘了这么说说最多是调侃，她们依旧是勉强度日的人。当模特的报酬已不是第一次帮她们解决了几天的房租，或至少是一顿晚饭。

露丝左右晃着脑袋，仿佛真切地感到期望破灭了。

“跟我们一个样，”她说，“一个来自布达佩斯的犹太人。一个子儿也没有。”

“真可惜！”葛尔德表示同意，故意做戏似地咂吧嘴。“至少要帅点吧?”她开玩笑道。这下她又成了瓦尔德乌网球俱乐部里那个既冷静又快乐的姑娘。不过是种遥不可及的幻境。也或许不是。或许在她内心有两个女人在博弈。那个犹太少女想成为嘉宝，崇尚名牌，偏爱昂贵的衣衫和那些熟记在心的古代诗篇，她也是名活跃分子，倔强地梦想改变这个世界。嘉宝抑或葛尔德。恰在那一夜，后者略微占了上风。

库波勒咖啡馆位于圣米切尔大道六十三号的一间没有排风设施的地下室。从好几个月前，全欧洲的左翼好战分子都到那儿聚会，其中不少是德国人，有些是莱比锡派的，像威利·查尔达卡。打烊前，咖啡馆半明半暗，地下墓地般。各色人等皆有：没耐心的，一本正经的，强硬粗蛮的，直接行动的拥护者，怀揣希望的。闪亮的眼神，抽搐般的表情，压低声调说出安德烈·布勒东加入了共产党或是引用《真理报》的一个社论，像年轻海盗那样，一根接一根抽烟，在对理念、放弃信仰、理论与辩论的奇特辩证中，有些人引用马克思的话，有些引用托洛茨基的。葛尔德不参与意识形态的讨论。她保持在边缘，专注于自我。她对那一切所知寥寥。她在那儿是因为自己是犹太人，反对法西斯，也可能在于她的那种骄傲跟用公认的原则式语言，引语，咒骂和历史辩证唯物主义的语句表达不大能搭上调。她满脑子被其他不同的话语占满了，正是那天早晨在奥斯特里茨车站听到的。一些有时果真遗忘的言辞，在最意想不到的时刻，带着极似扯锯子的噪音重新在她脑际飘荡。

“我认识你，我知道你是谁。”①

① 原文为法语。

第三章

她若有所思地走在他们身后，没有踩空一步。露丝虽然坚持不来，最后却不得不陪她。从卢森堡花园里林木的枝叶间洒落的光影令人感觉犹如在一个巨大的水晶苍穹下漫步，那是所有文学作品里描绘最多的林荫道之一。露丝突然在一棵印度栗子树下停下脚步，她穿一件石榴红大衣。背靠着树干，微笑着。咔嚓。她天生就知道怎么摆姿势。露丝脸庞的侧影展露出经典的怀旧气息。她头顶的天空显出的轮廓如同一只羚羊的颌骨。咔嚓。露丝继续走，大衣领子竖着，走了几步她扭过头，稍稍偏着头，嘲讽地朝相机看。咔嚓。经过福楼拜、波德莱尔、魏尔伦这些大师的塑像时，她的神情没有丝毫改变，却在肖邦的半身像前微微屈膝。咔嚓。阳光从枝叶的最高处洒下来。她们的脚步从碎石铺就的主径踏过，法国人总坚持要合理分割空间，坚持置放栅栏。露丝把指尖在湖面上弄湿，顽皮地朝摄影师弹水。咔嚓。

葛尔德观察着，默不作声，似乎那些与她无关。她之所以最后来了，只是因为她朋友不完全信得过那个匈牙利人。不过整个那场游戏还是有她着迷之处。

她从未对摄影感兴趣，但在每张相片取景时头脑里对那看不见动作的揣测让葛尔德觉得它是种绝对精准的练习。一如打猎。

相机小巧结实，是台三十五毫米高速莱卡，带两个镜头，快门平铺。

“我刚从典当行赎回来。”那个匈牙利人微笑着自我辩解，还叼着根烟。他名叫安德烈·弗里德曼。黑亮亮的双眸，似小猎犬的眼睛。左眉有个半月形的小疤。穿一件翻领毛衣。电影明星的范儿，一丝不易察觉的蔑视挂在嘴角。“它是我未婚妻，”他抚摩着相机开玩笑。“没有它我就活不成。”

陪安德烈一起来的是个摄影师朋友，波兰犹太人大卫·塞伊莫尔。他清瘦，怯生生的，戴着一副知识分子风格的眼镜，大家叫他奇姆。两人像是多年的朋友了，那种共患难的挚友，放杯酒在桌上，就可相互默契至不用说一个字。从某种意义来说，犹如葛尔德和露丝之间的友谊，不过有差别。男人间的友情不同于女人间的。

他们溜达着回拉丁区时，话题转为每个人的私人生活，从哪里来，怎么到了这儿，逃难旅途中历经的风险……另一边是背景：巴黎，九月天，高大的梧桐树，年少时或远离故乡，时光如白驹过隙。沿切尔切弥迪大街再往前，一架手风琴流淌出的琴声宛如一条在人行道上游弋的红色小鱼……那一刻葛尔德已研究过周围状况。她走在安德烈旁边，好像事情本身就如此。步伐协调，彼此不踩着绊着，似乎量好了距离。葛尔德慢悠悠地抽着烟，说话时并不直视安德烈，只专心琢磨他的心理。她觉得他有点自命不凡，英俊，野心勃勃，跟所有人一样有时太容易被猜中，自然很有吸引力，有那么点市侩，那么点优雅，没什么风度。可是经过圣马丁河道时，他的手钻到葛尔德的毛衣底下去触碰她的腰。虽然连十分之一秒都不到，却足够了。她吓了一跳。葛尔德最快的反应就是保持警惕。不过这个匈牙利仔以为自己算什么呀。葛尔德猛然扭身朝向他，像是要说些让他难堪之词，她极为闪亮的瞳孔透出绿莹莹的怒火。安德烈只有微笑的份，一副又真诚而又无助的样子，几乎是害怕，像个不小心闯了祸被撞个正着的孩子。有什么藏在他眼中，一种疑惑赋予他某种魅力。他要讨葛尔德欢喜的意图那么明显，让葛尔德心底感到些许甜蜜，跟她小时候因为什么事没做而挨骂，就忍着泪水坐在走廊台阶上的感受一模一样。小心啊，她想。当心，要当心。

并没有说教的味道。安德烈和奇姆谈论摄影，仿佛说的是个秘密社团，秘传犹太教的一个新分支，范围可以囊括从托洛茨基参加哥本哈根的一次大会，到最近安德烈拍摄过的美国喜剧明星劳拉和亨利在欧洲的巡演。葛尔德觉得摄影是一种有趣的谋生手段。

“你别这么以为。”他让她从错误中醒悟过来。“竞争太激烈了。在巴黎有一半难民是摄影师或者想干这行。”

他说起印刷颜料，三十五毫米底片，光圈的打开，手动干片机和鼓式干片机，就好像这些是一个新世界的关键。葛尔德边听边记。学习新东西令她愉悦。

白天结束了，时光又在广场和咖啡馆的延展。完美时刻，那时言辞尚无深意，一切都轻松呈现：为了点烟安德烈环起手指来保护火苗的神情。黢黑有力的双手。葛尔德走路的样子，微笑着，眼盯地面，微微往左偏，像是给他占据那块地方的机会。露丝也微笑，只是方式不一样，带着宿命论，对自己的女友唱主角也有点迁就，仿佛在心里念叨，这个闷骚的小女人。可她不是真这么想。一个简单的女性间争夺风头的游戏。露丝跟在他们身后走，把谈话让给那个波兰人，因为那个下午轮到他唱主角，他尽可能演得最出色。今天轮到你。明天轮到我。既迷人又驯服的奇姆让她说，好似隔着条路望着她，如同男人们望着让他们觉得无可企及的女人们。每个人以自己的方式感受从天空一角露出来的月亮，光芒四射，炫目，仿佛一种充满未知、意外和不确定的生活。再远些，夜色里圆形的、五颜六色的小灯，从一台手提唱机飘出的音乐……四个人在安德烈认识的一个餐馆吃晚饭，窄窄的餐桌上铺着红白格相间的桌布。他们要了最便宜的套餐，掺有很多黑麦的面包，奶酪和白葡萄酒。奇姆指着餐馆最里头一张挤满人的桌子，谈话像是围绕着一个头戴羊毛帽的高个子，帽子上有个电筒，让他看上去像个矿工。

“他是曼·雷[①]，”奇姆说。“总被作家围着。边上那个系着领带、刀削脸的叫詹姆斯·乔伊斯，古怪透顶。爱尔兰人。他醉得一塌糊涂胡言乱语时，值得听听。”接着，奇姆用食指把眼镜的鼻夹往上推了推。他话不多，不过当他说话的时候——不管是不是在酒精的作用下，他会聊点个人的事儿，总是呢喃低语，像是说给衬衫领子听。葛尔德即刻对他有了好感。他似乎胆小，像名《塔木德经》[②]研究专家那样博学。

手提唱机传出约瑟芬·贝克演唱的《对两个人的爱》，令人联想到鳗鱼样窄长黑暗的街道。谈话声此起彼伏，香烟氤氲，正是适宜私密谈话的氛围。

安德烈是对话的操控者。像要拉近距离那样，他口若悬河。安德烈说话时激情洋溢，自信满满，时不时停下来先猛吸口烟然后接着说。他说他们在巴黎待了一年多，靠接拍广告和零星杂活，试图打拼出一条路。奇姆在《致意》杂志打工，一份共产党的杂志；安德烈自己替好几个新闻社做事。有朋友至关重要。他有朋友。在中

① 曼·雷（1890—1976），美国摄影师。纽约达达主义创立者之一。

②《塔木德经》，关于犹太人生活、宗教、道德的口传法律集，为犹太教仅次于《圣经》的主要经典。

央新闻社和盎格鲁洲际新闻社……都有他的熟人，大迁移中的匈牙利人，像哈格·布洛克；扯什么啊，像要为匈牙利人博取信任。他开玩笑，微笑，口无遮拦。有时候安德烈朝饭馆里头张望，然后重又把目光移到葛尔德身上，盯视着她。这就是我，他仿佛在说。她们若有所思地听他讲，头微垂，各自怀揣着心事。她们的眼睛不轻许诺言。灼人的目光带点惩戒的味道，直抵要害，像是要重新比较或试图分辨出听出来的意思和所听到的，或许要大胆说出不那么仁慈的看法。他们觉得安德烈那双褐色的眼睛出奇得剔透，幽绿中透着青紫。是在布达佩斯童年花圃中的那些鲜花的颜色。他继续放心地说着。革命作家艺术家联合会也时不时帮他们一把。难民间的团结一心。恰巧在协会的一些会议上他们结识了亨利·卡蒂埃-布勒松[1]，有贵族气的大个子诺曼底人，半个超现实主义者，他们就是在布勒松公寓的坐浴盆中开始冲洗相片的。

“你要是被贴上超现实主义摄影师的标签，那就亏了。”安德烈说，他的法语说得糟透了，但很努力。“没人会找你干活，你会变成一朵温室之花。不过要是你说你是摄影记者的话，那么你想干什么都行。”

了解他的生活，无需直接发问。安德烈开朗，外向，健谈。葛尔德觉得他太年轻了。看上去二十四五岁的样子。其实他刚满二十，依旧有着冒险成为英雄的年轻人的真诚。过于看重和夸饰自己的功绩。不过他有魅力，他开口说话时，别人只有听的份。就像他描述达拉第[2]政府的授职仪式那样。葛尔德和露丝对此记得一清

---

① 亨利·卡蒂埃-布勒松（1908—2004），法国摄影家。
② 爱德华·达拉第（1884—1970），法国政治家。

二楚。二月六日，一个雨天。法西斯分子宣布在波旁宫对面举行大规模游行；左派组织了几次反对游行作回应。结果，爆发了一场决战。

“我搭哈格的车到了都尔-拉-雷伊纳，然后步行走到协和宫，想过桥到国家议会。”安德烈换成德语说，可比法语说得强多了。他抵着桌边，双臂交叉。“有两百多名骑马的警察，六辆大车，还有五个警察一列组成的警戒线。根本不可能穿越过去。可人们围住一辆挤满人的公共汽车，一切就从那儿开始：点火，扔石子，碎玻璃，‘法兰西行动’和‘青年法国阵线’的法西斯分子跟我们肉搏。到了晚上，情况更糟。没剩一盏能亮的路灯。唯一的光源来自火把和不期然点起的篝火。”他把香烟从嘴边挪开，直接看着葛尔德，充满激情地说着，不过也夹杂着其他因素，虚荣，惯习，男性的傲慢，这种做派植根在男人脑子里，让他们做起事来好像西部片里的孩子。“雨中雾气弥漫。我们知道拿破仑分子想法子到了波旁宫跟前，所以我们聚集起来试图阻止他们。可是警察从桥那边不加区分地射击。有几个狙击手是在都尔-拉-雷伊纳的印度梧桐下站岗的。完全是个屠宰场：死了十七人，一千多名伤者。”他说着，猛然喷出一口浓烟。“而最糟糕的是，”他补充说，“我没法拍到一张照片。光线太差。”

葛尔德目不转睛地盯着安德烈，胳膊肘靠在桌子边上，下巴垫在手上。博里斯·塔尔赫伊姆和其他许多同伴一样，在那天被抓，被遣返回柏林。社会主义分子和共产主义分子继续在帮派斗争中对骂。他的朋友威利·查尔达卡最后脑袋被砸开了花，断了一根锁骨。左岸一带所有的咖啡馆都变成了临时医疗站……可那位自命不凡的匈牙利人却以为整桩事件里最糟糕的是没能拍他妈的一张照片。真行。

透过厚厚的眼镜片，奇姆眨着那双细小的眼睛观察葛尔德。她知道他正在那一刻望着她寻思，或许跟自己的想法不一样，一如从她眸子深处透露出她坚信任何人都无权玩弄别人的信念。事实上她了解安德烈什么呢？难道她就能解读出他的思想？他们曾一块儿上学去吗？或是曾有一次在他家屋后的台阶上坐在他身旁，就是为了不听到家人的争吵，他抚摩一只猫直到天明，因为父亲把一个月的薪水都输在牌局上了？不，显而易见葛尔德对安德烈的生活一无所知，也丝毫不了解布达佩斯工人社区的生活。她如何能知晓呢？安德烈十七岁时，兰科桥混乱事件之后，两个人高马大、戴圆顶高帽的人去家里找他。在警察总局，警察局长皮特·郝耶姆打断了他四根肋骨，嘴里还一直吹着贝多芬《第五交响曲》的口哨。第一拳直捣下颌，安德烈以无所顾忌的微笑接招。局长又踢他下身。这回他虽然笑不出来，但竭尽所能用蔑视的眼光看他。接下来一直暴打到他失去知觉。他在床上昏睡了好几天。两周以后他离开了警察局。母亲茱莉亚给儿子买了两件衬衫，一件夹克，双层底的登山靴和两条灯笼裤，连带自己的难民服，就把十七岁的他塞进了火车。从此他再没回过家。所有这些她知道什么？好像奇姆的眼睛在这样说，它们在圆圆的镜片后窥察她的反应。

很难想象像奇姆和安德烈这两个不太可能做朋友的年轻人是朋友，他们彼此支撑，和悬浮在宇宙间互相吸引的两个星球一样。他们太不一样了，葛尔德想。奇姆说一口流利的法语。看上去挺严肃，像哲学家或者国际象棋手。在不经意间听到奇姆的两次谈论后，葛尔德得出结论，他是坚定的无神论者，但和她一样，内心弥漫着一种忧愁，犹太人的气质。安德烈正相反，似乎不要这些事把生活弄得复杂。不过，就像人们总是把生活复杂化那样，看起来，他以另外的方式将生活变得繁杂。一切的源头是一个冲露丝走过去的高个子家伙，他留着胡子，说话的那种腔调不粗鲁，而是含情脉脉，要献殷勤，一定是喝过头了。一个女人知道如何独自处理的局面，用不着弄成闹剧，一个简单的答复就能把法国佬搞定。但安德烈却不容他有反应的时间，他站起身，十分粗暴地把椅子推到后面，餐馆里所有的客人转过头来。他双手稍稍离开身体，肌肉绷得紧紧的。

“冷静点，”奇姆说着也站起来，摘下眼镜，以防互砸脑袋。

幸运的是这种情况没发生。那家伙只是高举左手以表歉意，介于含糊其辞和屈从。骨子里他是个有教养的法国人。或者不希望那个晚上惹事。

不过，葛尔德觉察到那情形对奇姆和安德烈而言并非意料之外。她确信在不止一次的情况下，事情本该以另一种方式解决，而非以那种形式收场。有些人生来就好打斗。这或许无法选择，而是一种本能，即第一眼看到不对劲就跳脚。匈牙利哥们儿似乎属于这一类，他耿直无私。惯于在女人面前展示游侠骑士的杀手锏，从倒数第二杯酒开始便有种危险的格斗倾向。

除此之外，当他头脑清醒时，无论个人生活还是工作层面，表面看起来轻浮且易变。他的幽默感很特别。容易自嘲，自嘲那些自己搞错的事情，就像他聊起把中央新闻社的预付金在一个下午全部花光，不得不将派宝相机当了好付钱给旅店；或是在圣特罗佩，试图用莱卡相机在地中海透明的水底为斯坦尼茨兄弟做个报道，却毁了相机。那家新闻社没几个月就破产了，而安德烈拿他们委派自己这个有前科的人开玩笑。那种拿自己蠢事开涮的自然劲使他给人留下亲切、耍宝的第一印象。典型的匈牙利幽默。他甚至不费什么劲就可以是个没皮没脸的人，那种似有似无的浅笑能把他必须说出口的都表达出来，尤其是他耸肩膀的那种方式，仿佛给布尔什维克的一个革命英雄拍照和报道整个蓝色海岸[①]最优美的度假中心毫无二致。奇怪的是葛尔德并不完全讨厌他的两面性。反正她也喜欢昂贵的香水，有明月和香槟相伴的夜晚。

大概说不清楚那时究竟是什么让葛尔德没能相信那个匈牙利人，他审讯样地盯着葛尔德看，一手托肘，香烟夹在两指间。不过毫无疑问，有些原因。

安德烈·弗里德曼像只猫，似乎跌倒时总是脚着地。只有他可以一错到底而他的领导还继续信任他；或是带一本没有签证的护照搭乘德国火车，他不出示证件而是坦然地给查票员看一份餐馆菜单，蒙混过了关。二者必居其一：或是特别灵活或是拥有让天平偏向自己的才能。仔细考虑的话，在葛尔德看来这两个优点没一个不会惹出麻烦。

“你知道走运是什么吗？”他注视着她的前额对她说。“走运就是在柏林的一家啤酒馆，一个纳粹党卫军砸一名犹太鞋匠的头而你不是鞋匠，是摄影师，还有时间掏出相机拍下来。运气是粘在鞋底上的某种东西。你强求不得。”葛尔德想起了自己的星星。她觉得自己拥有好运。但她没吱声。

安德烈拨开额前的头发，重朝餐馆里头望过去，但没有聚焦，

① 即里维拉，其在法国部分也被称作蓝色海岸，欧洲主要旅游胜地之一。

是瞬间的心不在焉。有时候他的目光飘到远方，仿佛身在别处。我们都怀念点什么，一个家，童年时嬉戏的街道，一副旧的滑雪板，上学穿的靴子，学习用的课本，厨房传出的让我们喝完那杯牛奶的责骂声，房屋后院的缝纫间，自行车踏板连续发出嘎吱嘎吱的声响。祖国不复存在。一个杜撰而已。存在的是那个有时我们感到幸福的地方。葛尔德发觉安德烈有时候去那个地方。他跟所有人搭话，吹牛，微笑，抽烟，那块地方会猛然间闪现在他眸子中，他已然在远方。非常遥远。

“你最后会跟他上床。”当黎明时分她们终于到家门口时，露丝预言道。

“死也不会。”她说。

第四章

任何生活，不论它有多么短暂，其中都包含了太多谬误，太多难以说清的情形，光阴似箭矢如飞机一掠而过那样消失在云端，就算谁与谁有过一面之缘，也记不起来了。理清所有这堆乱麻并非易事，更别奢谈什么把它们说给自己听了。心理分析师们用他们那套梦境理论在此间跋涉前行。那些流沙，螺旋楼梯，软塌塌的钟表和诸如此类的物件。可是，葛尔德的梦既无法攥住也框不起来。那是她自己的东西。眼下看来，她的青春曾是什么？是对身边那些人的一种背叛抑或是对另一种生活的向往？

她在弗洛伊德的弟子，移民雷奈·斯皮茨大夫的诊所当兼职秘书，薪酬微薄。斯皮茨大夫所办杂志的最早几期中，梦境解析的内容占了很多篇幅。对葛尔德来说，这并不是全然陌生的世界。没什么活可干的间隙，葛尔德如饥似渴地阅读那些心理学病案，好像期望从中窥见自己生活的些许秘密。

人们以不同的方式守护梦境。有时候葛尔德回到家会捧着一个装有她首饰的榅桲木糖果盒坐在床上。盒子里面装着几对埃及琥珀耳饰，照片，一枚银质小奖牌上刻着一艘船的轮廓，乔治去年夏天送给她的以弗所港①的钢笔画。她突然感到需要抓住这些记忆，如同握紧一枚炽热的钉子，仿佛这样能给她保护她远离某些事。远离某

① 古希腊小亚细亚西岸的一重要贸易城市，以世界七大奇观之一的阿耳特斯神庙而闻名。

个人。她回返乔治的世界一如套入铠甲中。她无休止地谈起他。强迫自己频繁写信给他。还定下去意大利探望他的计划。心底里有什么令她烦乱，他弄恼了她或是让她不知所措，于是她就在一份熟识的爱里面寻找庇护。那是她的净土，真实与虚幻交界的地方。怎么会这样？露丝观察她却什么都不说。从小女孩起露丝就了解葛尔德的防御机制。

葛尔德九岁在夏洛特王后学校时，有个女老师处罚她，一个上午不许她到院子里去。她尽量做出无所谓的样子，摆出根本痛恨必须去院子里的姿态。弗拉乌·海伦最终免除对她的惩治后，她仍坚持这么做。她整整一年不出去玩耍，孤零零地待在自己的课桌前看书，不让那位女老师看到那种处罚伤害到她而心满意足。并非因为她高傲，而是因为她与众不同。作为一个犹太人的事实从未叫她舒服过。她编造自己祖上的故事，比如她是从水中获救的摩西的女儿，挪威捕鲸人或者海盗的女儿。根据她正读的小说，他们兄弟姐妹属于“圆桌骑士”，她有颗幸运星……

不过还有另一种梦，当然有了。有湖，桌上铺着亚麻桌布，插着郁金香的大肚陶土花瓶，约翰·里德的一本书和一把手枪。这是另一首乐曲。

她一离开诊所，就觉察到落在身后水泥地面的脚步声，可回过头去却空无一人，只有交织在一起的街道和树木。她继续沿着奥尔良港往前走，在这片荒芜之地，朱丹大道的另一端，她无时无刻都感到背后存在一种含糊不明的令她不安的东西，一如橡胶鞋底细微的刺啦声。当一阵阵风时不时卷起纸张和树叶时，几乎将她不足五十公斤的身体吹起悬在空中。她走着，头戴一顶灰色贝雷帽，身体裹藏在大衣里，斜瞅着那些店门紧闭的商铺的橱窗，没有在玻璃镜面发现一个反射进来的人影。只有十月的景色和这时节叫人渴望的投影。

她瘦瘦的，主要是由于疲惫。睡眠很差，许多回忆渐渐模糊不清。她觉得离开莱比锡好几个世纪了，然而还没能在这个城市找到自己的位置。“我知道有一天我到了巴黎，”她会在一个下午，不穿护士服而是坐在诊所里的咨询沙发上向雷奈·斯皮茨倾诉。“我知道有段时间我靠借钱生活，做着和别人一样的工作，想着其他人想的事情。”确实如此。那种老是反复出现令她不安的感觉是：眼下的日子却不是她自己的人生。可她的生活是什么呢？她无端疑惧地注视着浴室里的镜子，专注观察每一处特征，仿佛转瞬间她将遭遇一种蜕变，她害怕认不出自己。直到有一天变化出现了。她双手抓紧洗手盆，有好几分钟把头埋在水龙头下面，然后像条雨中犬，把水朝两边甩。接着她又缓缓地对着镜子看。她小心翼翼地把“海娜”红泥抹在一缕缕头发上，又用手指把头发向后梳。她喜欢血凝固的颜色。

“你像只浣熊。”露丝到家时对她说，她见到葛尔德缩在一堆毯子底下看书。红头发使她的脸庞显得愈发硬朗瘦削。

在家里，展露本色就行，不用为难。可在外头，在咖啡馆的那些聚会上，她变成了另一个人。隐藏自己，这是生存的头条规则：学会区分外在的和源自内心生活。这是她很小就学会的，一如她白天在学校能正确用德语表达而回到家说的是意第绪语。一天结束时，穿着睡衣，缩成一团，一本书在手，葛尔德不过是对着一座外国城市之墙的游客。然而大门之外，她依旧是那个有双绿眼睛，宽腿裤震惊整个左岸的快乐公主。

巴黎是一场盛宴。达达主义者们用一个自行车轮胎、一个卖冷饮的人和一只尿壶就有本事把任何一个夜晚变作即兴的演出。抽烟，酒越灌越多，伏特加，苦艾酒，香槟……每天都签署一份宣言。他们支持大众艺术，阿劳科尼亚[①]的印第安人，支持《卡利加里医生的小屋》[②]，要求保护日本林木……就这样填满空闲时间。前一天的文本与后一天的相左。巴黎是一座旋转木马，葛尔德坐在上面跟着转圈。她在声明上签字，参加会议，读马尔罗[③]的《人类的命运》，她买了一张去意大利的车票，却从未成行，有天夜晚她喝过了头，而且又见到了他。看见**他**。见到安德烈。她甚至梦到过他。说得准确些是场噩梦。他极度兴奋地压紧葛尔德的胸口，让她喘不上气。她喊叫着醒来，惊恐万分地紧紧盯着枕头看。她不想动，不想再把头靠回床上的那个部位。或许那个梦是后来出现的，谁知道……这也没多大分别。事实是她再次见到了他。当然，存在偶然性。也是命运。他们都参加聚会，有共同的朋友，有的是摄影师，有的是电工，有的是很蹩脚的诗人。此外他们早已清楚世界是一块手帕，它的一个褶皱里装得下能眺望塞纳河的露台，听得到约瑟芬·贝克[④]的声音宛若一条幽暗长街，就在那一刻她回过头，而匈牙利人抓起她的胳膊问她。

---

① 智利中南部。

② 《卡利加里医生的小屋》，1920年代德国惊悚默片。

③ 安德烈·马尔罗（1901—1976），法国现当代文坛和政界极有影响的人物。

④ 约瑟芬·贝克（1906—1975），移居法国的非裔美国艺人与演员。她于1937年成为法国公民。贝克以身为歌手闻名，但她在演艺生涯早期也是位驰名的舞者。

“是你吗？”

“对。”她犹豫地答道，“并非总是我。”

两个人都笑了，仿佛一种久已有之的共谋将他们连在一起。

“我起初没认出你。”安德烈自我辩解着，他微微眯缝着左眼，看上去胆怯又夹着玩闹，宛如瞄准猎物的猎人。“红头发配你很合适。”

“是的，你说的没错。”她说着转过身把手臂撑在阳台栏杆上。当她听见下面的话时正想聊聊塞纳河，说那个夜晚因为空中的那轮明月，能如此清晰地观赏河流。

“有人在这样的夜晚跳桥，我一点都不奇怪。”

“什么？”

“说真的，因为有音乐，我没听见你说什么。”“没什么，一句诗句而已。”

“有时候我想自杀，红发妞。知道了?”现在他高声说，望着她的双眼，用劲捏着下巴，但嘴角依旧挂着带点嘲弄的微笑。

“好了，我现在听见你说话了，不过也用不着喊。”她答道，神色平静地夺下他的杯子。到这一刻她才注意到他已酩酊大醉。

他们沿着塞纳河的斜坡走了好一会儿。她既专注又迁就地任他说，仿佛许他一个发泄的渠道，或许是任他因为一桩丝毫不重要、很快就会过去的事而伤脑筋。

这种事情，能否挺得过去，权且称作抑郁，受伤的清高，爱就爱了的想法，疲累……他刚刚为Vu杂志①做完一个报道从萨尔回来。

---

① Vu，1928—1940年间于巴黎发行的摄影画刊，采用大量摄影图片呈现新闻时事的编辑手法，许多当代著名摄影师如曼·雷，布勒松，卡帕等人都曾与其合作。

“萨尔……”他说，宛如梦境中。

葛尔德明白他想说的话。也即是，国际联盟，煤，大家用法语或德语互道“你好”……所有这些。安德烈告诉她说九月的最后一个星期他去了萨尔布吕肯①，到处挂着有万字饰的旗子和标语牌。他们晃晃悠悠地沿着河岸走了一段，他比她摇摆得厉害，望着月亮，由于河里的湿气他竖起了大衣领子。“我和一个叫戈尔达的记者朋友去的，”他继续说，跟约翰·里德笔下的人物相比，这位留着北美印第安苏人②风格直直长发的哥儿们，更像陀思妥耶夫斯基作品里的人物。层云犹如旋风裹挟着煤渣颗粒在浮游。有持久的风和改换方向，以风力掀翻骑手及其马匹的易变的风，瞬时重新定位，能改变钟表指针的风，经年吹拂不息的风，留存在当下往昔的风。

安德烈的讲述并不显得特别连贯。从一件事跳到另一件事，没有过渡，用词也糙，可是，至少在那个晚上，出于某种原因，葛尔德能读透他的话语，那些语词仿佛是影像：一个自行车手的近景，念叨着纳粹们贴在路灯杆上的名单，在万字饰下喝啤酒或是躺在集装箱暗影下的工人，脏兮兮的灰色天空，萨尔布吕肯主干道旁挂着旗子的阳台，从工厂和咖啡馆走出来的人们，以“嗨，希特勒”互致问候，高举手臂，临时挤出来的无辜的微笑，仿佛他们说的是“圣诞快乐”。

离全民公决决定这个区域最终归于法国还是德国尚有几个月。可是根据照片判断，结果并无悬念。法西斯主义在整个煤矿区获胜。报道标题是《萨尔　通告　局势高度紧张》。文字和图片署名

① 德国南部小镇。

② 印第安苏人，是主要居住在密西西比河上游和密西西比河盆地的北美印第安人的一支。

是特派记者：戈尔达。没有出现安德烈的名字。好像那些照片不是他拍的。

“我不存在，”他耸耸肩说，双手插在夹克的口袋里，不过葛尔德清楚地看到他嘴巴两边竖直的皱纹如何僵硬起来。“我谁都不是，”他情绪粗暴地微笑着。“我只是一个有台相机的幽灵。一个给其他幽灵拍照的幽灵。”

可能就是在那一刻她决定接纳他，他的眼神一如被抛弃在塞纳河岸边的猎犬的眼神。他们正坐在一条长凳上。有树木，河流的气息。葛尔德弯着双腿，手抱双膝。对某些女人来说最危险的事就是有人把仙女的小棍放在她们手中。我要拯救你，她想。我能做到。或许对我来说代价不菲，或许不值得为你这样，可是我要救你。没有比这更强有力的感觉。不是爱恋，不是怜悯，也非希望。那时葛尔德太年轻了，尚未学会这种事。所以在路途中她抚摩他的头，样子既像揉乱他的头发又像测体温。

“你别担心。”她从毛衣上抬起下巴，以温柔仙女的声调对他说。

“你只是需要一名经纪人，”她微微笑着。她小小的牙齿闪着亮泽，正中央的两颗门牙被窄窄的缝隙分开了。不是一个真正意义上的女人的微笑，而是小女孩的，或者更确切地说是一个勇敢无畏的男孩子的微笑，一个蕴含着冒险意味的微笑，一如在玩伴面前绽放的。她微微侧着头凝视他，既嘲讽又试探，与此同时有个主意犹如屋顶上的一只耗子那样在她脑际滑过。“我要做你的经纪人。”

第五章

开头只不过是个游戏。我喜欢这件衬衫，不喜欢那件。他走进莎玛丽丹百货公司的试衣间时，她不太开心地等他，两腿交叉着斜倚在试衣间门口的红色天鹅绒长沙发上，晃悠着一只脚直到看见他像个花花公子那样走出来。她目瞪口呆，像个乡巴佬一样从上到下打量他，让他转个圈，在给他肯定的答复之前总要皱一皱鼻子。事实上，他太像电影演员了：胡子剃得很干净，白衬衣，领带，皮鞋锃亮，美式短发。不过眼睛依旧像是吉卜赛人的。这一点改变不了。

她喜欢他与周围环境拉开的距离，一段必需的距离能让每个人拥有自己的空间。他不介意她的指责和滥施号令。他开始称她“领导”，这种联系给两个人注入了一种特殊的能量，仿佛他们之间有种感应，并未事先约定，两个人在多摩咖啡馆的阳台见面，或是他佯装若无其事地在经过她窗下时吹口哨，或者第一次在同一家餐厅邂逅。虽然到了这个程度，两个人都知道一次偶遇可能是他们生命里最不偶然的。

改变形象的做法有了立竿见影的效果。葛尔德说得有道理。她母亲的教诲再次被证实。优雅不仅能救你的命，而且可以助你谋生。萨尔报道的第二部分终于冠上了安德烈的名字。已有的成功会带来更多成功。

露丝一手拿着早餐要吃的长棍面包疾速上楼梯，另一只手拿着最新一期的Vu杂志。萨尔，第二部分，她念标题：当地居民的想法及他们将把选票投给谁[1]。葛尔德还穿着睡衣，踮着脚尖在台阶上等她，套着厚袜子，惺忪睡眼稍显浮肿。时间很早，但她差不多等不及了。她在厨房小桌子上腾出一块地方，挪开茶壶，茶杯，像翻看世界地图那样两页两页地翻着杂志：炫目的标题，按对角线排列的文字，照片是她曾看到过的那些贴在洗手间瓷砖上的单页。印刷出来的照片被放大了，精心刊登在页面上。她吸吮印刷品的油墨香气，一如儿时买到手的连环画散发的气息。安德烈·弗里德曼的签名印成黑体。套着灰色睡服的葛尔德笑意盈盈，本能地把拳头伸上去做出胜利的手势，和乔·雅各布斯在媒体的闪光灯前举起麦克斯·施梅灵[2]冠军手套的样子完全一样。毕竟，并非所有的拳击赛都是在拳击台上被定输赢。

她乐于认为他们之间只是临时联手合作而已。是避难的犹太人互相救助的一个团体。今天为你，明天为我。此外，葛尔德想，她提供的帮助并非完全无偿。作为交换，她也得到了一些回报。这种想法给她安全感，又似在告诫她适可而止。他们养成早起的习惯好在那个时间段去周围的街道散步，正赶上马拉两轮小车往市场送鱼和水果。他们一起沿圣赛芙韩教堂[3]后面的香料街转悠。晨曦时分，当他们在混杂着煤灰和大麻气味的清新空气里漫步时，聆听宛如穿梭在两人之间的细柔的阵阵钟鸣。他们是这座梦幻之城的异乡人。光线由靛蓝变幻成金黄，带着东方淡淡的光辉。他们成了一对令人好奇的情侣，肤色偏深、身穿毛衣和西服的小伙子和像女猎神戴安

---

① 仿体字原文为大写。

② 施梅灵（1905—?），德国职业拳击运动员，世界最重量级冠军。

③ 圣赛芙韩教堂，巴黎塞纳河左岸拉丁区一座古老的天主教堂。

娜那样肩挎莱卡相机、脚穿网球鞋的红发姑娘。相机并不是总安好了胶卷，因为他们不能乱花一分钱，不过她学得很快。他们在人行道上各走其道，彼此保持距离互不触碰。光线好的一天，一支香烟……这即是全部。没几个礼拜她就学会了如何使用莱卡相机，怎么用红色赛璐玢纸把灯遮住好在洗手间冲洗胶卷。安德烈教她如何接近目标。“你必须在那边，”他对葛尔德说，“紧贴猎物，埋伏等待，好在最恰当的时候开枪，不早一秒也不晚一秒。”咔嚓。尽管取景时她还欠火候，但这些课一方面使她更谨慎，另一方面也更会确定时机。她待在巴黎圣母院的一个拐角，对准一个胡子稀疏、头戴羊皮帽的老伯，他瘦削的脸颊的一部分被末日审判的哥特式拱门遮去了一部分，她放下了相机。用肉眼的话，她可以看清楚他整个人。她不再试图捕捉铅灰色天空下铺着灰石板的街道。这是不同的。或许她开始意识到自己手中有一件武器，那些游荡因此日渐变做一种个人的逃离，一种窥探世界的自我方式，夹杂着些许恐惧担忧，可能过于矛盾重重。观察的方式亦是思索和面对生活的方式。与其他任何事物相比，她最渴望学习和改变。这是能做到这一点的绝佳机会，一切即将发生在那个瞬间，生活的航向可能在那个时刻改变。好多个月以后，一个大清早在另一个国度，零下五度顶着嗒嗒作响的机关枪时，她或许回想起最初的时刻，那时幸福意味着出门狩猎，却不打死鸟儿。

“拍照让我胡思乱想，”她在日记里写道。“如同夜晚我躺在露台上，仰望天空。”在加利西亚度假时她特别喜欢这样做。在夜色中，她从房间窗户钻到屋顶露台，仰面躺下，藏身于漆黑的夜色，夏日的微风轻拂，什么都不去想。“巴黎没有星星，却有咖啡馆闪烁的红色灯盏。它们像是诞生在宇宙中的崭新星座。昨天在多摩的露台上我加入了一场关于形象价值的激烈争辩，有奇姆、安德烈和那个有时候跟他们在一块的瘦瘦的诺曼底人亨利，那是个古怪透顶的家伙，很有学问，名门出身。有时能觉察到一点出身上流社会的人的内疚，他们为自己的出身抱愧，他试图显得比谁都更左以期被谅解。安德烈总跟他掺和在一起，说卡蒂埃-布勒松在看完《人道报》的社论前从不接家里的电话。但这并非实情。亨利不仅聪明，没有本阶级意识，也喜欢随性而为。他们争论图片是否应该是种有用的资料还是探寻艺术的一种产品。我觉得三个人不一样的说词道出了相同的想法，但我不是特别懂。”

“有时和安德烈在街上，我朝一个阳台望过去，突然有幅照片呈现在那儿：一个女人正往铁丝上晾拧干的衣服。这是自然而然的，不必强作微笑和刻意摆姿势。只要知道目光投向何处就够了。我正学着呢。我喜欢莱卡，小巧，一点都不沉。能连拍三十六张照片，用不着来回换焦距。我们把浴室布置成胶卷冲洗间。我给安德烈当帮手，写图片的注脚，用三种语言在打字机上打出来。有时联合图片社让我拍点广告。不多，不过可以让我练手并且能深入了解媒体。局势并不特别令人振奋。必须用肘推撞打开通道，弄出个通路不容易。幸好安德烈有不少顶用的关系。露丝和我得到了一份新工作，用打字机打出马克斯·欧弗斯[1]的电影剧本。另外每个周四的下午我继续去雷奈的诊所干活。所有的收入足够我们付房租，虽然不总是那么容易撑到月末。至少我不欠任何人的钱。啊，我们有个新房客，一只圭亚那鹦鹉，安德烈送的礼物，橙色的喙，舌头乌黑，有点受虐待的小可怜

---

① 马克斯·欧弗斯（1902—1957），出生于德国，工作于法国，电影导演。

样。露丝顽固地教它说法语，可它至今连半个词都说不出来，只会用口哨吹吹《土耳其进行曲》。它不飞，不过犹如老海盗那样跨开两只弓形腿在家里悠然自得地到处转悠。它的名字早就注定了。我们给它取名**弗林特船长**[①]。不然叫什么呢？”

“奇姆把他朋友斯泰因[②]在花神咖啡馆给安德烈和我拍的照片送给了我。辨识自己总让我感到别扭。我头戴银灰色贝雷帽，微笑的目光朝下像在聆听私房话。安德烈看上去刚说完什么，他穿件运动上装，系着领带。眼下，他顺多了，能置办体面的衣服，尽管不像大家讲的那样很会打扮。他面朝我好像要确认我的反应，也露出微笑或者是几乎要笑出来。我们仿佛两个恋爱中的人。这个斯泰因会因摄影而声名远扬。他很擅长等候时机。他知道该在哪一瞬间按下快门。只是我们不是恋人，差远了。我有自己的过去。乔治在。他每周从圣吉米纳诺写信给我。我们的命运生来已被注定。这条路可以，那条不行。梦见什么人。爱上什么人。不是这个就是那个。别无选择。事情就是这样。每个人以自己的步伐前行。还有，你怎会不真正地了解某个人就爱上他？如何跨越距离去了解对另一个人未知的一切？”

“有时候我想试着告诉安德烈在莱比锡发生过的事。他对于过去也谈得不多，虽然他能连续好几个小时就任何其他话题说个不停。我知道他母亲叫茱莉亚，有个崇拜他的弟弟，康奈尔。只有很少几次他敞开窗户让我探头进去了解他的生活。他过于谨慎。有时

① 弗林特船长，冒险小说《金银岛》中的传奇海盗船船长。

② 弗雷德·斯泰因（1909—1967），生于德国德累斯顿。擅长拍摄纪实人物肖像。

当我回望从前时我也默然无语，我看到父亲在斯图加特的健身房门前等着我系好网球鞋的鞋带，他看看手表，有点不耐烦。然后我听见奥斯卡和卡尔在看台台阶上给我鼓劲：‘来吧，小鳟鱼’。仿佛有好几个世纪没人这么叫我了。几百年前我们往河里扔石子。我们用草筋清除粘在鞋上的泥土。像这样的夜晚，我会想，对他们而言被人记起是否像我回忆他们一样痛苦。自希特勒发布法令后，他们不得不搬了好几次家。现在他们在靠近罗马尼亚边境的佩特罗夫格勒，在祖父母家。这令我心安，那是一个塞尔维亚城市，从没有过反犹传统。我真想拥有安德烈的性格，他丝毫不在意自己的身分。对他来说就好像是加拿大人或芬兰人都没两样。我永远也不明白希伯来人视自己的身份与祖先一致的传统：‘当我们被驱逐出埃及……’可我从未被逐出埃及。不管是好是坏，我不能承受这个负担。我不相信这样的我们。族群不过是个借口罢了。至少在今生，唯有个体行为才有道德意义。另一种，直率地说，我缺乏证据。没错，我们小时候所学的东西中有很美妙的比如萨拉①的故事，或是拉住亚伯拉罕手臂的天使②，音乐，圣诗……”

“我记得敬畏上帝日，写着每个人必须原谅自己的敌人，我们穿着自己最好的衣服。有一张卡尔和奥斯卡的照片在衣柜上，他们穿着灯笼裤和新衬衫。我穿着件有樱桃图案的短衫。细溜溜的腿。头发在头顶挽成一个髻，好像一朵灰色的云。无法忘却的形象。照片的神奇之处。”

---

① 萨拉，圣经《创世纪》中的人物，犹太人始祖之一。

② 圣经《创世纪》记载亚伯拉罕接受上帝考验欲杀亲子献祭，后被天使及时阻止。

咚，咚……门框上传来小心翼翼的敲门声。葛尔德从日记上方抬起头。她已经有好一会儿没听见隔壁房间敲打字机的声音。差不多是凌晨一点。露丝把头探进来时，看到葛尔德紧裹着一条毯子，叼着因睡不着觉而抽的第三根香烟正燃烧到她的嘴唇，笔记本摊在膝头。

“你还没睡？”

“我马上就睡。”她不好意思地说，像个犯了错被撞个正着的小姑娘。

“你不该写日记。”露丝说，指着葛尔德放在小桌子上的红皮笔记本。“不知道会落到什么人手上。”她说得有理，这违背了秘密工作的最基本原则。

“是啊……”

“那你为什么还写？”

“我不知道……”她耸耸肩说道。然后在一个油漆斑驳的小碟子里掐灭了香烟。“我害怕忘了自己是谁。”

的确是。我们所有人都有个不可告人的恐惧。一个私密的恐惧，使我们成为自己，把我们和其他人区分开。确凿的，个人的惧怕。

害怕认不出镜子里自己的脸孔；害怕在一个无眠的夜晚，灌下几杯伏特加后，迷失在一个陌生的城市中；惧怕他人；害怕爱情落空或是更糟；惧怕孤独；害怕一桩只发生在某一时刻的事，尽管它始终存在。惧怕那些回忆，害怕一个人做过的事或是本来有能力做的；惧怕不再单纯；惧怕失去宽容心；惧怕开满郁金香的湖畔小屋；害怕离游泳的岸边太远；知道脚下已没有坚实的土地之际，惧怕环绕全身的幽暗黏稠的水。害怕大写的字母M。害怕死亡和杀害[①]的开头大写字母M。害怕偏远社区秋日里没完没了的雾气，她每个周四都要经过那里，沿着光线暗淡的小路——广场空无一人或点缀寥寥数人，一边是个乞讨者，一名妇女推着木头小车在另一个角落，以及她自己的脚步踩下去发出的绵软、短促又湿潮的声响，仿佛不是源自她，而是隔着点距离尾随她的什么人发出的，一，二，一，二……这种持续的威胁感堵在她喉头一直伴她到家，贝雷帽被汗水浸湿，双手插在口袋，迫不及待地要跑起来，就像小女孩时她要跑着穿过小巷从面包店回雅各的家，上气不接下气两级两级地跨上楼梯，敲门，开灯，抵达安全之地。安静，她自己对自己说，安静，同时尽量把步伐放慢。要是停步片刻，回声也停；如果继续走，又能听到那种连贯的节奏：一，二，一，二，一，二……她时不时回头去看，什么都没有。一个人也没有。或许只是她的妄想罢了。

---

① 西班牙语原形动词死亡（Morir）和杀害（Matar）均以M开头。

第六章

她走神了有好一会儿，盯着刚打好字的稿纸，却没有在意里面的内容，只是看着纸上的空隙，打印出来的字。黑色墨水。打字机旁边有一堆打好字的稿纸和几张绿色吸墨纸。葛尔德转动打字机滚轴取出稿纸，全神贯注地念："面对纳粹主义在欧洲的推进，仅剩下唯一的出路：为缔造阵营广泛的反法西斯联盟政府，要团结共产主义者，社会主义者，共和派和其他左派政党（……）。最紧迫的在于一切民主力量的同盟组成人民阵线。"

"你意下如何，弗林特船长？"她边说边看着墙上搁板上的小秋千，鹦鹉正在上面练习爬绳索。安德烈去了西班牙以后，她独自跟鸟儿说话。如同另一种对抗孤独的方式。她从前也曾这样做过。她迫切地想去帮助别人，成为有用的人，成为某件事中必不可少的一分子。可是什么事呢？她不清楚。她回到库波勒咖啡馆那些参与者越来越多的聚会，试图摸清楚。女性-回声，女性-倒影，女性-镜子。那里面总是乌烟瘴气。太乱。葛尔德拿着自己的半杯伏特加，出去坐到人行道边沿抽烟。她待在那儿，双臂抱膝，望着半透明的天空，这边一颗星，那边一颗星，边缘带着向西投射的淡淡的金黄色光辉。这样的感觉不错，她呼吸着那个春季刚刚绽放的椴树花的馥郁芳香。她喜欢这座城市的静默，石头防波堤顺着迷宫般的街道缓缓降至塞纳河。那种宁静让她安宁。助她把自己的想法理出些头绪。就在那一刻她感到有只手搁在自己肩膀上。是埃尔文·阿克卡奈奇特，莱比锡的老朋友。

“我们需要你把声明用法语、英语和德语打出来，”他说着也在她旁边的人行道上坐下。“越多知识分子加入越好。我们必须让大会圆满成功。”他指的是将在初秋召开的捍卫文化的国际作家大会。埃尔文慢慢用手指卷好一根烟，在唇间把滤纸润湿粘好。“奥尔德斯·赫胥黎①和福斯特已经确认出席，”他肯定道。“还有苏联的伊萨克·巴别尔②和鲍利斯·帕斯捷尔纳克③。我们这边还有贝托尔特·布莱希特④，曼·亨利希⑤和奥地利的罗伯特·穆齐尔⑥。美国的作家还没确认……重要的是宣言要发到所有人手上，葛尔德，给每个人发他们各自的语言的声明。我们可以请你帮忙吗？”

“当然可以。”她答道。她喝了一口伏特加，任凭酒精在血管中找到通向心脏和大脑的路径。她觉得酒味和烟草混合的滋味涩涩的。她拨了一下脑门上的刘海，望着天际。千年历史的罗马式圣日耳曼德培修道院的钟楼矗立在夜色里，显露的轮廓好似一座岗哨。

最近几周，超现实主义的辩论放弃了对诗歌创作的争执，转而关注起报纸和广播所反映的现实。激奋之情笼罩在阴影之中。左岸小组暂时搁置了奥林帕斯山上的宁静星空和他们的绿色缪斯⑦，卷进世界的大动荡里。尽管接受一个革命党派指示的群体与那些依旧期待出现革命与诗歌糅合在一起的可能的党派群体之间有潜在的

① 奥尔德斯·赫胥黎（1894—1963），英格兰作家。
② 伊萨克·巴别尔（1894—1940），俄国作家。
③ 鲍利斯·帕斯捷尔纳克（1890—1960），苏联作家、诗人。
④ 贝托尔特·布莱希特（1898—1956），德国剧作家、诗人。
⑤ 曼·亨利希（1871—1950），德国小说家。
⑥ 罗伯特·穆齐尔（1880—1942），奥地利作家。
⑦ 诗人常将考艾酒比作绿色的缪斯女神，称喝了能激发创作灵感。

对立，但所有人都等着消息。这不是个小问题。一个下午，安德烈·布勒东穿过街道去多摩咖啡馆那边买烟，在门口撞见了俄国斯大林分子爱伦堡[1]。他们没有对话，在一股冲动之下，诗人猛吸一口气，头往他鼻子上撞过去，发出仿佛弄断了一把椅子似的咯吱咯吱的声音。这不是事先谋划好的行为。就这么发生了。那个俄国人惊恐地遭受攻击，连反应的工夫都没有。他有气无力地双膝倒地，鲜血吓人地喷射出来流淌在灰色路面上。接下来，所有人都中邪般地卷入斗殴。责骂声中，有人起身去救伤者，另外一些人试图平息诗人的怒火，把他悬空架起，想带他离开那里，直到某人叫喊着要叫警察，他们才有所收敛，等着另一次狗血喷头的械斗。几天后，负责调解超现实主义分子和共产党人的诗人雷内·克勒维尔[2]在自家厨房用瓦斯自杀了。她绝望地写下遗书：

有必要说再见，明天你将回到懵懂源起之处。在一座红灰相杂的城市，你有一间没有色彩的房间，银色的四壁，敞开的窗子正对云朵，你是其中的一员。得在天际间找寻你脸庞的阴影，你手指的动作……

事情就是这样，葛尔德不得不在两个都不喜欢的选项里做出选择。苏维埃联盟对异见分子的打压对任何人而言都不是秘密，不过在帕尔那索斯山[3]的小社团，各方仙人的神圣之家，不少人还在揭露斯大林的滥用威权还是为保持反法西斯阵营的团结之间犹豫而保持

① 爱伦堡（1891—1967），俄国–苏联作家。
② 雷内·克勒维尔（1900—1935），法国超现实主义诗人。
③ 希腊山名，古时为太阳神和文艺女神们的灵地。

沉默。

她像是悬于一处深渊的上空，沉思良久，一手拿着宣言，一手夹着香烟，没看一个字，只是抽烟，注视着盖在里面沙发上的白布和墙上隔板上露丝从小贩那里买回来的小泥塑。尽管她们尽一切努力把那个房子变成一个家，它却依然只是个临时营房：厨房打碎的玻璃用胶布粘着；小厅里挂着一幅欧洲地图；许多书堆在走廊；窗边插着丁香花的小瓶子；几张照片用图钉固定在墙上……安德烈的西装袖子卷起，在东站说再见。她想他，当然了。不是什么不可救药的思念，而是一种温柔的感觉极细微地流淌，如同一种习惯，并不喧嚣。没什么重要的。她打开窗子，双肘撑在窗台上，微风轻拂使她的肌肤，使记忆清晰起来：背着莱卡相机在大街小巷里游走；安德烈的建议；他不看手表就能安排时间的方式，似乎是为了迁就其他人适应他的节奏；弗林特船长踩在他肩头出现的那一天；带着佯装出来的马虎整理放在洗手间墙上隔板的照片冲洗液；总是在最后一刻出现，外套下面藏着一瓶葡萄酒和一篮子刚钓到的鳟鱼；他点燃厨房里那个小炉子时露出的笑容，与此同时如同准备晚宴一般，奇姆铺桌布，露丝从柜子里拿出盘子和杯子，而她摆放餐具；他所有的动作都有点毛手毛脚，他有时倨傲，同时具有一种特殊的才能，能让事物看上去不像表象所呈现的那样。他藏在什么面具的后面？这些面具后哪个才是真正的他？快乐的吸引人的波西米亚人，还是一个孤独的男人，有时会站在断桥的另一侧陷入沉默？“我不存在，我谁都不是，”葛尔德记得他曾在塞纳河畔对自己说过。他用脆弱隐藏他的骄傲。或许他所有的迷人之处全在于他那种伪装能力，胆怯中隐藏着勇气，似乎无所谓的微笑和耸肩方式。一切都矛盾到极点：扣子散着的西装，结实有力的双手，风度翩翩，然而涉及衣服搭配时，又出奇地单纯，像个乖孩子听从劝说。假面游戏显出效果。如若不是穿外套和系领带给他全新的令人尊敬的形象，《柏林画报》不会委任他去做正在西班牙进行的报道。起初他曾犹豫是否接这个活，因为跟所有德国出版物一样，这个杂志在戈培尔[1]钢铁般强硬的宣传机器的操控下，不过他的情况容不得他自由挑选。而且，正如葛尔德对他说的，报道与政治毫不相干。只不过是采访巴斯克拳击手帕乌里诺·乌塞库顿，他将到柏林和德国重量级冠军马克斯·斯卡麦林对阵。

安德烈一到西班牙就为之着迷。有些天他回到膳宿公寓，躺在床上好长时间聆听拉妮奈·德·玛尔切纳或佩皮塔·拉莫斯[2]的歌，感觉就像回到家里。这个国家让他想到有关匈牙利的许多事：喧嚣的街道，酒馆里从天花板上垂挂下来的一串串大蒜和红葡萄酒酒囊，弗拉门戈舞台……安德烈在体内的吉卜赛人血液令他全情投入，带着要攫取灵魂的炽烈情感沉浸在拍摄中。圣塞巴斯蒂安的体育报道结束之后，他去了马德里，参加四月十四日为庆祝共和国宣告成立四周年举行的大游行。安德烈感到气氛沉闷，清晰地察觉到弥漫在街上的紧张劲儿，包括对西班牙独立右翼党团联盟（CEDA）的憎恨，右翼联盟执掌政权不到一年时间就残忍地镇压阿斯图里亚斯的矿工，伤者的疤痕还未痊愈。不过政治纠葛无法阻挡西班牙人由衷地庆祝他们的节日，比如塞维利亚的圣周庆典。安德烈乘火车到塞维利亚，和成千上万的游客一样，被团团形象紧围：裹着披肩，

---

① 戈培尔（1897—1945），纳粹德国的宣传部长。

② 佩皮塔·拉莫斯（1890—1970），西班牙著名女歌手。

头插康乃馨的女子击掌欢呼伟大耶稣像的经过，随着教友团的步子传出的复活节宗教短曲，身披像三K党似的斗篷的清教徒沿着弥漫着鞭炮烟雾的狭窄街衢徐徐前行直到天明。他从未经历过这样一种节日，宗教的神圣性与世俗的放纵如此交融。他透过那个目光尚未对准的镜头观察到一切，还带着些许偏见并且浮浅的眼光，但独到自我：穿着荷叶边裙子的女舞者迎着四月的风用鞋掌奋力跺地；骑在马背上的年轻小伙子；政府元首阿莱汉德罗·勒多乌科斯坐在盛装披挂的安达卢西亚式马车里在欢庆场中巡游，凑热闹的醉酒者，游客，爬到波浪形白铁皮屋顶的猫；一个上岁数的男人在自家门口磨刀，他身边有个用麻袋片盖上的东西，从被掀开的一角露出一个小脑袋，是个正在酣睡的肤色黝黑的吉卜赛小女孩。而战争迫在眉睫。

当安德烈在给葛尔德的一封信中写下“你应该认识这个国家”时，并不知道葛尔德很快就会来到这个国家，在灯光熄灭的城市中，在对抗空袭的炮火下在这个国度穿梭。这是她的命运。当安德烈在克里斯蒂娜旅店的美洲酒吧用蹩脚的德语给葛尔德描述他的所有感受时还不知道此事。他喝了整夜，胡子两天未刮，衣衫褴褛，身无分文。“有些时候我想念你，”信这样收尾。

他吸引众人的魅力部分在此，不受管束，个人主义外加些许傲慢。也有些拈花惹草。这点葛尔德并非一无所知。

“有些时候……”葛尔德反复跟自己念叨的同时又重读那封信。“他真是个混球。”

第七章

她手里攥着钥匙，停在门前。锁槽被撬过，地板上满是木屑。还没来得及想什么，她就感到左边太阳穴的血管震颤，一种无法确定的不安，犹如走路时察觉到尾随身后的脚步。她整个身体如拉紧的弓弦，如野兔出于本能的谨慎嗅到了猎人的气味。她有太多次害怕那种情形出现，出于害怕去承认。自从第一次踏入维西特街的牢房，那情状就烙在记忆里。她感觉到耳膜处沉闷的震击，宛如波涛。潜下湖水许多米的深处会有类似的感觉。水下屏气能听到血管里流淌的血液，而外界的任何声响都抵达不到你的听力所及范围。如果在那一刻有人呼唤她，她一定听不到自己的名字。可能就算是一声枪响也听不到。

她本能地用相机包抵住腹部，用脚慢慢踢开门。

“露丝？”她叫，“你在吗？”

她走到走廊，极缓慢地想象事情发生时的一连串场面：捣碎的门锁，咔嚓咔嚓的撕纸声，成堆扯裂的书扔满了走廊，墙壁上的相片被扯下，玻璃小花瓶被砸成碎片，打翻的抽屉，她那条被扯散的琥珀项链在房间里滚来滚去，墙壁上画满了那些万字符号。“脏猪犹太人！”总是这样的事……一种怪怪的气味弥漫整个屋子。她听见厨房里热水在锅里沸腾的声音。就在掀开锅盖的一秒钟前她意识到了眼前会出现什么。被割断脖子的弗林特船长，舌头伸着，浮在锅里。她没有叫出声来。只是把火关灭，闭紧双眼。羞耻和屈辱深深刺伤了她，一种直抵喉头的痛楚使她作呕。她需要抽根烟。她坐下来抽烟，背靠着下方画着万字饰的墙壁。双膝弯曲，手撑前额。猛然间，她确定无疑这种局面将没有尽头，会一直这样。或黑或白。非此即彼。你和谁在一起，在什么环境长大，憎恨什么人。谁杀死你。她脑海里来回扯锯声哑然回荡：我认识你，我知道你是谁。

她在库波勒咖啡馆的聚会上感受到的所有的形而上的苦恼此刻变作纯粹的仇恨。准确。不含糊。不是出于意识形态而是本能，要砸开某人脑壳的需要，清楚地知道为何要战斗以及如何战斗的需要；重新振作反应力，基本的防御系统和对话的需要；绷紧肌肉，学习装配和拆装武器，仔细瞄准……

“要么你胜，要么他们赢，小鳟鱼。”她联想到卡尔在屋顶平台的声音，当时他试图告诫她万一那个时刻到来该怎么做。

回忆搅动了她内心深处的什么。她思念自己的兄弟。泪水开始模糊她的视线之前，她感到肋部软软的有丝痒痒。该死，她自言自语。愚蠢的犹太女人。要让那些婊子养的人心满意足地看着你哭吗？她粗暴地用拳头捣地，一种突如其来的愤怒，更多地指向自己而非其他任何人。她以同样的冲动站起身，从包里拿出相机，一只眼睛靠近取景孔，找焦距，调光圈，鹦鹉耷拉下来的小脑袋首先被框入取景器，一张舌头的特写，接着按下快门。她动作僵硬，鼻孔张大，每次按下快门时，腕子和雪白的手指一点不抖。咔嚓，咔嚓，咔嚓，咔嚓，咔嚓……

当露丝和奇姆回来时，用不着问发生过什么。他们看到她靠着厨房的桌子，衬衫袖子卷到胳膊肘上面，眉头紧锁，聚精会神地用一瓶胶水修补还能挽救的书籍。她面色苍白，神情凝重，专注，中规中矩，仿佛唯一能帮她控制情绪的事就是那件手工活。他们到家时，她一动没动，也没说一个字。奇姆避开被毁坏的物品，走近她好抱住她，可她却用手挡住了。她不需要任何人的安慰。

“他们卷走什么没有？”他问。

“没什么重要的东西。”她的声音听上去并不脆弱，但阴郁。这次掠夺中唯一逃过一劫的物品是她的网球鞋和挂在柜子最里面的衣服。“他们把弗林特船长活活烫死了”。

“你们别住这了。”奇姆试图下结论，“他们随便什么时候都可能再来。”

“能有什么用呢？”葛尔德回答。“他们要是找你，就找得到。我们唯一能做的就是做好准备，以防再次发生同样的情况。”露丝完全知道她所指何事，不过这一次她不和自己的朋友唱反调了。

“他们不该弄死鹦鹉，”她说。“它是只又老又善良的鸟，跟谁都好。”

葛尔德冲着墙扭过头好不让他们看到自己，吞下口水，但即刻就转过头来。她一动不动，一只手撑着头，与此同时，奇姆还想说服她。可他的推论根本无法让她们放弃。不过至少他让姑娘接受了他那个晚上睡在她们那儿。他不想把她们单独扔下。

那天剩余的时间他们以狂热的激情投入到对那些损坏物件的修补中，那种热情简直像是试图改造世界。他们用油灰堵上锁头上的小孔。露丝把打字机放到一只皮包里，好带到在马海区[1]一个作坊工

① 马海区，巴黎最古老的犹太人居住区。

作的朋友处修理。奇姆负责把裹在一条毛巾里的弗林特船长带走。葛尔德就算再坚强，再冷血也没勇气做到这点。被浸湿羽毛的鸟儿看上去更小了。奇姆怀着爱意看着鹦鹉，想到它弓着腿迈步，在小房间里调皮捣蛋的样子。它没学会说什么，不过有些时候会像许多人希望的那样带着理性去聆听。痛苦只持续了片刻。然后他戴上一顶报纸做成的帽子爬到梯子上，手中握着油漆刷，全神贯注地把走廊的墙面刷成洁白一片，如同一块不朽之地。零零星星的油漆溅落在他手臂上。一天快结束时，那些东西看上去差不多各就各位了。可以说公寓相当出色地抵御住了首次冲击。他们推开窗户，欣喜地呼吸着那个初夏毫无把握的气息。

政治气氛热得不能再热了。英国拒绝帮助法国去阻止希特勒重新将莱茵河军事化的举动让法国人觉得自己被盟友抛弃了。另一方面恰恰无助于安抚情绪的事实是墨索里尼军队在阿比西尼亚[①]边境频繁活动。几乎每个礼拜天巴黎的大街小巷都被抗议的游行队伍淹没。成千上万的人手持旗帜和标语口号按时走上街头，这很快就会变作人民阵线的雏形。奇姆，亨利·卡蒂埃-布勒松，葛尔德，弗雷德·斯泰因，布拉塞[②]，柯特兹[③]……来自全欧洲的摄影师爬到屋檐、树上或是屋顶去捕捉那种炽热：学生，圣丹尼斯街区的工人，在马海区人们围成圈热火朝天地讨论……很快就会发生什么事。重大而严肃的事件……摄影师们都想待在那里好用相机捕捉下那一刻。莱卡，柯达，林哈夫，埃尔曼诺克斯，禄莱福莱……发光的取景器，变焦镜头，半自动滚轴，滤光片，三脚架……他们把物件都

① 阿比西尼亚，埃塞俄比亚的旧称。

② 布拉塞（1899—1984），20世纪欧洲最有影响的摄影大师之一。

③ 安德烈·柯特兹（1894— ），欧洲摄影大师。

扛在肩上。他们只是摄影师而已，专注于观察。他们是见证者。他们不知道自己将生活在两次世界大战之间。大部分摄影师习惯了秘密穿越边境线。他们已不是德国人，匈牙利人，波兰人，捷克人，也非奥地利人。他们是难民。不依附于任何人。也不属于任何国家。流浪者和无国籍者差不多每周都在某个地方聚会，高声朗读小说片段，背诵诗歌，表演贝尔托·布莱希特的反法西斯戏剧作品或是开会。一种含糊不清的浪漫主义把他们团聚在一起。给我一张照片，我将为你创造一个世界。给我一个相机，我将为你展示欧洲地图，一个从显影罐的酸液中浮现出来的病怏怏的大陆，周边所有地区都遭受威胁：圣母院里一位老者的面庞；身穿丧服站立在犹太人公墓墓碑前的一名妇女，眯着眼睛，低声祈祷；没过几日在华沙的犹太人区一个小男孩高举的双手；眼缠绷带的一名士兵向他的同伴口述一封信；坍塌的七零八落的建筑物在爆炸火焰中的暗色轮廓的黑白照片。葛尔德脖子上挂着照相机蹲在一个战壕里，要把火海中的一座桥梁放入取景框时有点失焦，形成一幅不规则的恐怖画面。过不了多长时间那个世界就要变作战场。

每隔半个月的星期六在罗比诺大街都有售卖异国物品的街头集市，卖印度产的调料，装在小瓶子里五颜六色的香水，靛蓝色的布料，植物染发海娜粉，像弗林特船长那样的热带鸟类。每次经过那个摊位，葛尔德总会回想起鹦鹉船长。看着那些羽毛花花绿绿的鸟儿，她想起小时候看的图画书，封面是蓝色的海洋，有一个肩膀上立着鹦鹉的海盗的特写。她的想象力差，但故事记得很牢，《金银岛》里的海盗约翰·斯尔维以及所有一切。故事很有启发性。在一个行将消亡的世界里成长，弗林特船长的事对她造成的影响比她肯承认的更强烈。不仅出于她对鸟儿的爱，看着它每天在家里晃荡那种家人般的亲近，而在于那样行事毫无意义。荒唐。毫无必要的残暴。但她也从未有过再买一只鸟取代那只之前的圭亚那真鹦鹉的念头。她不是那种人。她不觉得需要填满心中那些渐渐空下来的地方。她沿着一个个货摊转悠，呼吸着那种喧闹得令人眩晕的气息，生姜和肉桂的味道，卖货人的吆喝，鸟儿的鸣叫，如同一名在陌生世界中捕捉影像的探险者。

奇姆为弗雷德·斯泰因争取到住进公寓的那个空房间的权利。他是个寡言少语又胆小的家伙，却有着与生俱来的掌控摄影构图的才能。他同样是德国人和难民的事实对说服葛尔德和露丝也起了作用。自从“火之十字架”的法西斯分子洗劫公寓事件后，尽管她们拒不承认，却感到有个男人在家会更安全。所有人都怀疑法国主要的反犹团体都和德国有直接关系，这点恰恰叫人放心不下，特别是考虑到葛尔德的过去就更难安心。

弗雷德处理影像的方式很独特，或许直观的成分更少，反而是感性居多，为了捕获日常生活的一瞬会更用心。当他拍摄那种羽毛鲜艳夺目的鸟儿时，人们仅凭一次视觉的冲击就能明白一连串的来龙去脉，了解它怎么在一个热带雨林被捉住，然后被塞进一只竹笼拎进集市，历经无数倒腾，来到了罗比诺大街的一个货摊。

葛尔德在取景时也模仿弗雷德的视角，他的判断角度跟安德烈教她的不同，从某种意义来说，更加完整，没那么精准，更易引发共鸣。真实情形里，逻辑并不总能奏效，就像他们受托展示事实，一天这样，另一天亦如此。她正试图探索自己的视角到底想传达什么。她全部的纯真还未丧尽。无论怎样，她依旧是那个夜晚仰卧在加利西亚家中露台上的小女孩，在星空下，呼吸着洁净的空气，在夜色里漂浮，睡衣下面后背一阵凉爽。后来她长大成人，被冰凉的湖水轻抚，游泳的感觉就太不一样了。她泳技绝佳，能以破纪录的时间从河的一侧游至对岸。所以家人唤她“小鳟鱼。”

每一天的最后一刻，在巴黎的寓所，她的记忆穿越国境，临睡前她又变成照片上那个穿着红色泳衣站在岸边的十岁小姑娘，后背湿漉漉的，金黄色辫子的发尖像画笔那样滴着水，细长的双腿好似禽鸟，想着她的那颗幸运星。她把星星想象成一种绿莹莹的颜色，像块薄荷糖。她把记忆藏在口中直到伴着清爽的呼吸在梦里一点一点地溶化。第二天早上早早起来去街头拍照时她感到充满活力，仿佛每次手臂在清凉的水中划动时她感到的积聚在肌肉里的所有能量，仿佛她正游向未来。有时候在洗手间昏暗的红色中看到显现在显影罐中的背景线条和形状后，她发现了影像也可能背叛。一个错误的动作，一具面孔对焦过慢，倒下时一个身体的缩短图，一个长时间在战役中搏击的士兵却穿着一件干净的衬衫。但这样和那样的一些基本上显而易见的细节她还不懂。她对这行缺乏经验，不懂景深，那种时光的淬炼能让一个刚二十出头的姑娘在短短几小时目光沧桑。

对景深的把握有点无法预测。火候到了就到了。但有些人一辈子都到不了这个境界。另外一些人在世的日子屈指可数，不得不在仅存的短暂光阴里急迫地获得。葛尔德属后一类，奔跑着追逐深度的急性子。她如同吸光香烟那样用尽时光，期待那个瞬间。她穿着黑色吊带背心，安静地靠着窗台，阳光照射着她肩膀的肌肤。

一九三五年六月二十四日。夏至。正午。一丝风都没有。她突然看到一块方正的影子在街头一隅闪现，她察觉到胃部一阵不适。她把焦距调得更准：白衬衫的袖子挽了起来，湿漉漉的头发，肩头的行李，被西班牙的阳光烤成古铜色的皮肤。这种感受类似于船猛烈倾斜，地板改变了角度。她惊讶地感到心脏一阵狂跳，不过这不是停下来分析情绪的时候。她等不及他上楼来，便两级两级蹦跳着下台阶，在门厅中他抱起她，就像父亲每次旅行回到家总会抱起她来那样转个圈，恰如其分地微笑，对自己信心满满，一如既往的兄弟情义。安德烈在最出其不意的时候回来了，带着那双让人谅解的眼睛。漂亮到令人心痛，她想。这个该死的匈牙利人。

第八章

薄暮初临。墨黑的海面，又是繁星满空，密密麻麻如同手写稿上难辨的字迹。一阵带着松树和桉树气息的微风拂来，轻拂着闪烁着怪异的银色磷光的水面，轻柔得几乎觉察不出。葛尔德和安德烈在沙滩上仰面躺了好一会儿，没说一句话，好像在船甲板上，注视着岛对面璀璨的戛纳城，闪烁的红绿灯光照亮了地平线。他们穿着毛衣，是听从了露丝的建议在最后一刻塞到背包里的。晚上多带点衣服好，她说。葛尔德低下头，嗅着安德烈衣袖的羊毛味。

这是一个渔民居住的岛屿，小而宁静，一百五十公顷的地中海松树，有几艘靠在岸边的大三角帆帆船，挂着需要晾晒的渔网，闻起来有古老码头的气息。战士休养的绝佳去处。从西班牙归来的安德烈身心疲累，他刚刚拿到《柏林画报》支付的稿酬。那些法郎热得烫手，但他花钱如流水，不想做有钱人。所以一听说威利·查尔达卡还有其他熟人打算去蓝色海岸的雷汉诸岛玩几天后，他根本没犹豫就同意了。他建议奇姆和女孩子们都加入。露丝觉得是个好主意但她去不了。她刚和电影制作人马克斯·奥菲尔斯签完合同，已经开始在巴黎拍摄的电影《神曲》里扮演一个小角色。奇姆早已接受Vu杂志的约稿，关于塞纳河左岸艺术家的稿子该交了。于是安德烈望着葛尔德尖尖的下巴，她眉头微皱，想了想。

“好吧，为什么不呢？”她微笑着让步。

他们一直靠搭顺风车的方式到了戛纳，情绪出奇地高涨，不停地开玩笑，偷摘果园的水果，在公路边的小餐馆吃晚饭，把飘荡着金雀花味道的那些小村庄抛在了身后。新的地平线令他们胃口大开，想要开怀大笑，呼吸阳光，在世界中迷失。他们精力充沛，踏上生命中的无形道途。伴着水中粼粼光影，他们从戛纳港坐渔船到了圣玛格丽特岛。海洋和陆地之间有一条黑暗模糊的饰带，就像人迷失在身体与灵魂之间，葛尔德想着，看见前面晾晒在屋顶露台上的衣服白花花一片。卡尔的灵魂。奥斯卡的灵魂。还有她的。

她以为到了天堂。岛上有滚热的石头和鸬鹚，绿色的海浪在拍打沙滩，发出沙沙声。一方宁静之地，没有通宵达旦的会议，没有尾随在身后一直到家门口的脚步回声，也没有砸碎的玻璃、死去的动物和万字饰。一座岛。远离即将被炸开花的世界的一块土地。海洋和沙滩。纯地理意义。

他们在皇家堡垒的废墟旁支好帐篷，那是一个古老的哥特式堡垒，克里米亚战争①中被用作伤员医院。晚上他们点燃一堆小小的篝火好准备晚餐。两人各自待在火堆一侧。

“一名神秘的战俘曾待在那些废墟中。”葛尔德说，周围变得鸦雀无声，正合适讲夜间故事。她就在这样的氛围中讲起了铁面人的故事。

从来没有人确切知道那人是谁，也无从知晓是以什么罪名这样置他与世隔绝。他戴着铰接式包铁面具，上面有一块天鹅绒罩，让他可以戴着面具吃东西。他身边总有两个不离左右的侍卫，他们得令如若铁面人要拿掉面具就可以杀了他。有些人肯定他是太阳王路易十四的孪生兄弟；还有人认为是他的私生兄弟，奥地利安娜公

① 克里米亚战争，1853—1856 年俄国与英、法、土、撒丁王国之间的战争。

主和马萨里诺红衣主教之子。他先坐一辆用厚斜纹棉布挡得严严实实的马车被秘密带至普罗旺斯，从那里乘一艘封闭小船到了这座小岛。据说他仪表堂堂，高过平常人。他穿着最上等的毛料缝制的衣服。有指令严格要求对其所提要求一概接受。要给他配送最可口的美食。提供他所想要的一切。不过任何人都不能坐在他面前。夜晚他弹奏吉他，忧伤的旋律让石头动容。他下葬时没有头，这样就算他死了也不会被认出来。

"他把秘密带入了坟墓。"葛尔德讲述完毕。

安德烈把皮酒囊递给葛尔德，用异样的方式注视着她，沉醉在她的声音里。在火光的映衬下她的面庞好似铜刻的，她往嘴里灌酒时，头往后仰，肘冲上，朝向天空。一滴酒液顺着她的下巴滑落。他想到这个女人有说故事的天赋。她像一条河流。她用词机敏有诱惑力。她的身影就在环绕着帐篷边篝火的光环里。

人有可能爱上一个声音吗？一直到那个时刻为止，安德烈从未觉得话语有关情色。比如，他从没想过聊天比做爱更带劲。他不太会说话，觉得这能逼得他走投无路，不过他明白事实并非如此。健谈者具有引诱力，话语能逼你无路可逃。

"你知道得真多。"他说。

"出自亚历山大·大仲马，"她微笑着答道。"我年少时读了《布拉热洛纳子爵》，它是《三个火枪手》系中的第三部也是最后一部。你不喜欢看书吗？"

"当然，但只看战争的……"

"啊……"她眉毛上挑，带着一种可以被诠释成轻微嘲讽的神情。

她俯身把火弄旺，安德烈得以清楚地窥见裸露在她低领口处那片三角状的古铜色肌肤。光润柔嫩，散发着硝石的气息，他觉察到布料下开始明显袭来的勃起。他想跟这个女人上床。他渴望从上到下触摸她的身体，扒开她的大腿，进入她体内，钻进她思想里好用一个接一个的吻让思想不再出声，直到改变她呼吸的节奏，让她无法再进行思考。他想要他妈的一次完成所有这些，不再像曾经历过的那样被言语逼入困境。那个夜晚他发现了比喻的诱惑力。他头脑里的某个地方开始响起连石头都为之动容的忧伤的吉他旋律。

“晚安。”她起身告别，抖了抖留在裤子上的沙粒。

安德烈待在那儿看她走，习泳者结实的脊背，棉衬衫下的动作动感十足。走起路来扭胯的样子很特别，像是偏向一侧。洒脱，骄傲，虚荣……女人知晓有人在窥察自己的古老直觉。他把一根树枝靠近火堆以便点燃香烟，吐出一口烟，看着烟雾消失在轻薄的帆布帐篷下。

那段日子杂乱无绪，身体过度兴奋，他们游泳游到筋疲力尽跌坐在沙滩上，让太阳把自己晒成古铜色，拍照，在古堡的废墟里勘探，晚餐吃沙丁鱼罐头和面包，最后一刻才躺下，凝视地平线，看着霞光吞噬海平面上即将到来的夜晚，脑袋挨着脑袋，肌肤散发着桉树和硝石的味道。他们爱上了法国南部，日后露丝·瑟尔弗会回忆，试图在一名美国记者面前把他们生活的脆弱线索重新勾画出来，在圣玛格丽特岛他们变得不能分离。一段世外桃源的时光，次序颠倒，日子没了日期，怪相扮毕后共享的笑容，他俩之间的心照不宣没人插得进来。威利·查尔达卡和雷蒙·高林即刻便发现了。怎么会不懂呢？他们小声说话时，威利和雷蒙小心地钻回帐篷，为他们营造合适的环境。葛尔德和安德烈之间有块秘密空间，最亲密的距离，如同一本合住的书里左右相邻的两页。他左眉处有块石击的疤痕。她胳膊上种疫苗留的印子，一个半月形的月桂叶，针头正是从那个位置注射，在皮肤上留下印记，那是多年前，她八岁时在斯图加特一所学校的健身房打的针。伤痕的清单。她凸起的脚后跟如同睡袋紧里头的一座岛。安德烈的手背上有个显眼的小伤疤。

“这是我的幸运线。”他开玩笑道。“我出生时有六个指头，生下来没多久，那根指头就被切除了。接生婆向我母亲保证那是幸运的标志。现在看到了吧……事实证明她说得没错。”

我们总是爱上一段故事，而非一个名字，亦非一个身躯，而是铭刻其内的事。

在桉树的树荫下，葛尔德用沙子擦洗煮茶用锅的锅底。铜制的锅底在她手指下吱吱作响。她光脚蹲着，泳衣上套着没系扣子的旧衬衫，阳光照射和风吹雨打使她的发梢变得非常黄，被海娜染发粉染出的暗红色早已不见踪影。阳光使她膝头的伤口结痂，因为低身屈膝，那个地方又流血了。岩石的青苔让她脚下打滑，弄伤了她。她的视线随着那条血流缓缓地移到脚背。那种美丽的绯红色，暗淡下来凝固在密布着纤细茸毛的皮肤上。他本想说的话没能对她说出口，这个女人的开放犹如一个张开的伤口，她的青春还不是致命的。于是他向前探下身，嘴对着她的伤口。鲜血。最小景深。他感到身躯虚空。体内唯一存活的是欲念。她鲜血的味道大概是很多年以后他最后回想起来的，靠近河内，距奠边府防御工事一公里，当他在布满地雷的公路上，遭受了越南共产党的一次伏击。不过那时他早就不是恋爱中的小伙子了，而是身经百战经验丰富的记者，对没有她的生活感到深深的疲倦。

“来。”葛尔德说着，拉起他的手。

他慢慢站起来，并没有抱住她，但两人的唇挨得那么近，仅差微乎其微的缝隙，没有贴住而已。直到两个人再也忍受不了这样密不容针，四目相对，无比贴近的对视，他把她揽进怀中，让她贴近自己时，最后一缕阳光透过枝叶洒下，当她用手遮住他的脸，他感到她衬衫下面富有弹性而结实的肌肉，她沾上咸味的手指塞进他嘴里。他们互拥着走向帐篷，带着饿过头的迫切不停地寻觅对方，如饥似渴的唇上粘着另一个人的唾液和氧气，牙齿按捺不住地磕碰着牙齿。

“慢点……”她挤出一句话，松开了几分钟好喘息。她手指弹着安德烈头发里的沙子。大海以其神秘环抱着他们。

他钻进她身体，如同进入一座岩洞的深井中。动作极缓慢，投入，坚定又不操之过急，像是响应她的要求，他本能地感觉到自己赤裸的身体在她身体下面的起舞飞扬，弥漫着年轻人的荷尔蒙气味和海的气息，每一次抽动都全神贯注。唾液。盐。鲜血。身体的流淌变作一个人需要活下去唯一有分量的理由，在那个漩涡里她感觉自己即刻会从那个半梦半醒状漂浮着的至高处坠落下来，她声音特别低，仿佛祈祷，几乎听不清在说什么。耶和华，天主，赛义德，神……他紧紧抓住她身体，更剧烈地在她两股之间挤压，差点从他所处的上方跌下来，屏住呼吸，无论你是谁也不管你身处何方……她注视着那个英俊的吉卜赛人的双眸深处，看到他微微欠起身，抬起手像要求歇息。等等，他低语。你别动，请安静，屏住呼吸，咬紧牙关，全神贯注，尽力恢复对身体的掌控。她感到他进到自己身体内特别的深处，潮湿，僵硬，安静。突然再次慢慢伸进来。这次击中了要害，而且更深了。他亲吻她时，非常近地注视她，艰难地控制住那种喜悦，把每一次颤动延至最长，凝神贯注于她的身体，剧烈，湿潮，加快每一次抽动频率，更使劲地抱紧她，把她带至那个所有女人都渴望被带到的不存在的地方，虽然她摇头拒绝，像只受伤的母狮那样抱怨，以思想和双眼以及声音或祈祷或诅咒或亵渎。赛义德，天主，神明，神，我不求你拯救我。我不需要你的祝福。他毫无戒备，极其贴近地看着她，好像望着一个女战俘。他亲吻她，让她酥软到骨髓，而她刚断断续续地祈祷完，如在梦境中，说着从内心某处深渊冒出来的话语，意第绪语，我只想请求你让这些都是真的……偏巧就在这一刻，她感觉到他从自己的体内抽离出来，在她肚子上，在最后的瞬间喷涌了。

“谢谢。”她呢喃低语，轻柔地抚摩他的脊背，没有特别指明她只是谢他还是谢上帝，抑或谢亚伯拉罕和所有犹太人的神。

第九章

玛丽亚·艾伊斯奈尔是安德烈的老熟人了。她执掌的联合图片社，因出色的艺术和旅行摄影成为当时最知名的图片社之一，其摄影报道尤为出色。玛丽亚是典型的德国人，干练，能迅速解决问题，有企业家头脑，并且能敏锐地锁定什么样的人具备谈工作的条件。九月的某个下午，在库波勒咖啡馆露台的遮阳篷下，当安德烈把葛尔德介绍给玛丽亚时，正是出于那种敏锐让她考虑葛尔德。他们刚从岛上回来，两个人都神采奕奕，肩挨着肩，古铜色的皮肤，憧憬着未来，尽管身无分文。对玛丽亚来说，只要听听葛尔德对图片社发表在《欧洲》杂志上最新报道的些许评述就足以知晓这个女孩有潜质。她不在意葛尔德在技术方面的欠缺。这些东西可以学。她看重的是理念。联合图片社凭借一种清晰的艺术风格创立，他们找寻一种崭新的现代视角，秉持源自勒·科比西埃①以瑞士钟表匠的冷静从塞弗尔大道的六层公寓创建的建筑先锋路线。他们寻找怪异罕见的事物，打破轮廓与体积的限制，以一种不寻常的聚焦方式呈现真实。葛尔德有这样的悟性，而且她通晓好几种外语，对营销还有第六感。不到一个月她就学会了推介作品，总是用最具杀伤力的商业手段推高价码。她深谙供求法则，且精于算计，这点对一家靠为法国、瑞士和美国主要杂志供稿而存活的企业来说至关重要。是

① 勒·科比西埃（1887—1965），瑞士人，20世纪最重要的建筑师之一，现代建筑运动的激进分子和主将。

她一次难得的机遇。

安德烈和她就像是两个遭受海难之人终于遇到了一艘船并爬了上去，他们感觉得到甲板下机器的震颤和等待他们横渡过去的浩渺海洋的荡漾，咖啡的醇香混着咸咸的轻风，他们同时俯身去看一幅刚刚铺展在桌上的海图，用未来所有的时间，凭借激情、精准和运气，决定了自那以后两人生命的航向。

他们一同搬进瓦雷纳街的一个小公寓，虽然仅够容纳一间暗室，放一张床和一个灶头，但夜晚来临，他们打开窗户吃晚饭时，看得到埃菲尔铁塔上的灯光，感觉得到所有弥漫在巴黎的气息都钻进了房间——星罗棋布的街道和桥梁，以及秋季的梧桐树的气息。

黄昏渐渐熄灭，宛如美洲夜色的一种海洋蓝的色调照亮了介于带天窗的屋顶和云朵之间的建筑物飞檐，路灯橙色的反射光线照满了屋子，一张圆桌，一份摊开的报纸，一张罩着灰布的沙发，落地灯映照下是安德烈以他所有的艺术品位剪刻下来的葛尔德的侧影，沉默，思索。

安德烈并不喜欢看到她这样的状态，他觉得葛尔德逃进了从前的一个世界，他没法让她高兴起来，仿佛波兰犹太人的怀疑态度使她内心还不能完全相信那种幸福。她看东西的模样有点怪，躲躲闪闪，仿佛一只眼睛朝后看，另一只眼却盯着正考虑要走的路。他知道她的生活里有过其他男人，当然知道了。当他们还只是朋友时，他上百次听她说起乔治，甚至看过一张她存放在一只小小的榅桲木糖果盒子里的乔治的照片。乔治金黄头发，比他高许多，一派飞行员或是马球冠军的范儿。马球运动会让安德烈紧张他也有过别的女人。可是现在他受不了她还想着那个俄国佬，一秒钟也不行。仿佛生活可以像一块卡芒贝尔奶酪那样用刀剁成几段。分为从前和现在。他当然大肆释放出他的醋意。或许并非嫉妒，而是纯粹动物式的占有欲，要抹掉她的过去，荒谬的爷们的傲慢，仿佛游牧部落时期男人们夜半时分在部族的篝火旁对着月亮嗥叫，选择配偶，为了让雌性专属自己就将其与族人分开，带她到广袤的产粮地带，在她身体深处撒下他的种。那是一种男性千年来的本能。

“你难道不想有个吉卜赛小宝宝吗？”他温柔地问道，要把她从空想中拉出来。“一个像我这样，爱大喊大叫、没教养的小孩，好不好？”他半笑着，一丝讥讽挂在嘴角，可目光一如一只猎犬那样严肃，忠诚。

“这么毛乎乎的？”她嬉笑着，鼻头皱起，连连摇头拒绝，高声大笑，仿佛刚刚听到最疯狂的事。然而，笑声减弱变作一种近乎悲哀的神情，与此同时她望着远方埃菲尔铁塔的灯光，对其他人来说那灯光是如此璀璨耀眼，充满期待。那种预感好像潜在她映照着黄色亮光的绿色双眸的某处，告诉她将不会长久地拥有这些，她真实地感到自己不会拥有那种宁静的欣喜：她将不能抚育一个褐色皮肤、有着匈牙利人的眼睛和小小的粉嫩手指的孩子，不能在世界任何地方的一处露台晾晒他白色的尿布，给他讲肩膀上有一只鹦鹉的海盗的故事——是只真正的圭亚那鹦鹉，在她的版本里是一只能用口哨吹出《土耳其进行曲》的鸟，以纪念弗林特船长。然后每天在他的小摇篮旁，哼唱着摇篮曲，注视孩子吸吮着奶嘴安然入睡。一场梦。

她看着眼前的他，仿佛刚从另一个世界神游归来似的，她看见他在那，在她身边，那么近，同样也盯着她，坚韧与恐慌交织一处的目光。于是，她深深地感到一阵心软，她以为自己或许真的正在爱上那个男人，她必须努力克制，努力不去紧紧拥抱他，不那么多次地亲吻他的眼睛，前额，脖子，耳后……因为她明白有一天，或许比她想到的还要早，那份爱将使她脆弱，受伤。不过那时她对此并不知晓。她甚至还无法想象，过不了几个月她将一字不拉、一个表情不差地想起那次对话，同时遥望远方，看到的不是灯光闪烁巍然屹立的埃菲尔铁塔，而是穿透马德里天空的朝各个角度旋转的聚光灯的光线，耳畔是震耳欲聋的鸣笛声和突然打开的敌机雷达突突的狂声呼啸，同时防空战火开始展开激烈的反击。如何在战争的轰隆声中哄一个孩子睡着呢？

只不过是一个月前，当葛尔德和安德烈在圣玛格丽特岛露营时，正处于热恋中，他们赤脚漫步在沙滩时发现了几处新的小海湾。而与此同时，由于主要的左翼党派、工会和人民会议全国委员会所属全部协会的支持，人民阵线最终在巴黎得到巩固。在最近一次七月十四日的国庆游行当中，成千上万的工人在置放高度相同的马克思和罗伯斯庇尔①肖像下放声高唱《马赛曲》。巴黎电台向全世界播送共和国的三色旗与象征希望的红色旗帜②之间的和解。团结一致对抗法西斯主义的行动已变为第一优先事项。

自议会决议后，革命作家与艺术家联合会是知识分子中对阵线给予支持的主要组织之一。有些超现实主义者疲于追逐内心的缥缈幻影，重又脚踏实地，以便面对世界即将天翻地覆的急迫现实。甚至内心最抒情的诗人们也开始严肃地自问加入共产党的时候是否已经到来。葛尔德不是共产党，不过很了解他们的宗旨。她毕竟是亲

---

① 马克西米连·佛朗索瓦·马里·伊西多·德·罗伯斯庇尔（1758—1794），法国革命家，法国大革命时期重要的领袖人物，是雅各宾派政府的实际首脑之一。

② 三色旗指法兰西共和国国旗。红旗指共产党党旗。

身从一个真正的俄国布尔什维克主义者那了解到的。当她还是梦想成为葛丽泰·嘉宝的少女时，是乔治第一个告诉她马克思–列宁主义的奥秘。而安德烈更倾向托洛茨基主义的立场或是明显的无政府主义，总是偏向在边缘行走，沉湎在十足的冒险之中。

老咖啡馆史无前例地变作煽动性的讲坛。所有人都准备好奋力一搏。画家，作家，难民，摄影师……有着缪拉公牛[①]般凶狠眼睛的毕加索已做好攻击准备，和多拉·玛尔[②]长久处于蜜月期的调情；身材矮小，谜一般的曼·雷与高大、金发，变化无常的李·米勒[③]，这位巴黎最美的美国模特，两人一起沉醉在工作中；马蒂斯和他严肃无比的长着张马脸的妻子；有着阿拉贡人那种固执脑袋的布努埃尔[④]在麦克马豪咖啡馆听爵士乐，结识了珍妮·吕卡尔，在迫使她把挂在颈子上的小小的金质十字架的项链扔进塞纳河之后娶了她；海明威跟玛莎·盖尔赫恩[⑤]总处在分手的边缘，较劲，彼此争执或是在他们特殊的游击战中两人共同对抗世界。都是难相处的伴侣，与传统的夫妻极其迥异，在传统关系里，宽胯骨的女人们继续如囚徒般被捆缚在紧身衣丝带编结成的笼中，耐心地熨烫丈夫的衬衫。新爱情观正萌发于塞纳河左岸，引发冲突，危险程度如同赤脚行走在密林里。葛尔德和安德烈感到被这种气氛所裹挟。他们所有人就如同一个怪异的大家庭。

---

① 西班牙缪拉畜牧场养殖的凶猛公牛。

② 多拉·玛尔（1907—1997），法国摄影师、诗人和画家。曾是毕加索的情人与模特。

③ 李·米勒（1907—1977），美国著名摄影师、记者、模特。

④ 布努埃尔（1900—1983），西班牙著名导演。

⑤ 玛莎·盖尔赫恩（1908—1998），美国小说家，记者。1940年与海明威结婚，1945年离婚。

左翼的共同纲领汇集起来仅几点：大赦囚犯，自由组织工会的权利，缩短周工作时间，解散黩武组织，在国际联盟内为和平而合作。然而在十月三日，一个跟其他日子一样普通的一天，没在事先作出任何战争宣言的情况下，意大利军队十万士兵在德·波诺元帅[1]的指挥下，从厄立特里亚[2]攻击海尔·塞拉西皇帝[3]率领的埃塞俄比亚军队。坦克和芥子气攻打弓与箭。国际联盟只对意大利施加微不足道的制裁，而英国和法国甚至在知道意大利袭击红十字会医院和救护车后还继续把石油卖给这个国家。

“欧洲睡着了。”安德烈握拳击打桌子。当他在库波勒咖啡馆的讲台上演讲时，他锁着眉，声调坚决。葛尔德从没见过安德烈大声疾呼来唤起人们的注意，但她觉得自己特别喜欢他这个样子，动气，炯炯的双眼中怒火冲天，纯然似炭火，魅力十足，几近粗暴，当他揭露墨索里尼为打击埃塞俄比亚民众斗志所采用的方法时，脖子上鼓起的一根血管跳动着。“他们违反了《日内瓦公约》。”

虽然听上去很奇怪，但世界上的这些消息并没能够摧毁一九三五年秋天的所有魅力，街道上落满枯黄的树叶，宛如灯芯草的女孩们待在有爵士乐的地方一直抽烟到天明。葛尔德流连于影院、书店和橱窗，有个下午她发现了安德烈·马尔罗的《轻蔑的时代》[4]，他同样是一位把身心都献给反法西斯事业的作家。有几个夜晚，当安德烈睡着了或是她看了会儿书以后，她会悄悄起身来到窗

---

① 艾米里奥·德·波诺，意大利将军，法西斯主义分子。曾参与第一次世界大战。

② 厄立特里亚，埃塞俄比亚省名。

③ 海尔·塞拉西（1892—1975），埃塞俄比亚帝国末代皇帝。

④ 1935年出版的小说。描述纳粹统治下德国人民的不幸遭遇。

边，把安德烈的衬衫披在肩头，倚靠着窗台抽最后一根烟。她望着巴黎和远方的灯光。十月那种令人窒息的天气让她很难入睡。她从小就这样。恰恰在上床之前她感到最有精神。一天里发生的事全都浮现在脑海，她拿铅笔用孩童般的稚拙笔迹把它们记在一个学校的练习本上，写错单词的话就用橡皮擦掉改过来。她需要这样整理思绪。日子到了那一刻才算结束。当她书写时，情绪会平息下来。她试图理解这些情感。她需要回头顾盼以便更好地把握方向。那是绝对属于她的时刻，不管朋友还是情人都不能打扰。

“有些人我们只能拥抱他们，”她写道，“只能抓或咬，这样才能在相伴时保持思维正常。有时候我想抓住安德烈的头发，仿佛他遭遇海难需要抓牢我，然而经常有不一样的梦令我害怕。是月光下的一场噩梦。在梦中我正沿着一条陌生的街道朝他走去，就在我将挨近他时，微笑着举起手打招呼时，发生了什么事，我不很清楚是什么，紧急且难以解释的事，迫使我使出全身气力跑着跳过深处的围墙，然后消失。我不知道这意味着什么。街道，围墙，如同冰冷的天体那么惨白的光线…… 或许该问问雷奈医生。爱情里有什么是短路的，仿佛我们不得不朗读两遍同样的段落好找到句子之间的连接点。是一种狂野的感情，如同一阵大风突然闯入别人的习惯里，弄得所有东西都在空中跳舞，像遭受狂风暴雨袭击的屋子。所有人都想抹掉它，重新创造它，仿佛在他之前的世界不存在。”

她合上笔记本，把本子收在床头柜的抽屉里。她需要从那些思路里跳脱出来。

第十章

一，二，三。葛尔德和露丝各站一边把一块板竖起来并靠在两根屋梁上。位于罗比诺大街的那所公寓的屋顶上飘浮着一串五颜六色的小灯。他们正为安德烈的生日准备一个惊喜派对。十月二十二日。和约翰·里德同一天。

《感动世界的十天》是葛尔德印象最深的读本之一。她依旧记得在湖边小屋，在插着郁金香的大肚陶罐旁边的桌上摆着那本红色封皮的书，记得亚麻桌布和其他所有一切。她认为那本书说出了最重要的东西。她能整段地背诵："……有爱国主义，但那是劳动者之间的国际兄弟情谊；有责任，并为之付出生命，不过是朝向革命事业的义务，以人类尊严为基石，而非为与缙绅们相匹配而颁布出的想象的鲜血造就的贵族统治…… 如果法国革命是人类正义的产物，那么俄国革命则是自然力量的造就。"这是她和安德烈迫切渴求的新闻工作。深入事件的核心，获得第一手资料，感受世界的心脏在自己血管中轰击的声音。

他们把白色床单在桌上铺好。露丝用烤箱准备传统的莱卡伊糕饼。一如在犹太新年吃的，里面搁有蜂蜜，葡萄干，杏仁核和芝麻。一连烤制了好几个小时。亨利带来两瓶他家乡诺曼底产的苹果烧酒。

安德烈满二十二岁。那两只小鸭子。一次难忘的生日会。有各种各样的饮料，欢笑声持续到黎明，香槟，蜡烛，香烟，纸灯笼，失焦的照片：满身彩色纸卷的亨利·卡蒂埃-布勒松和奇姆，轮流对着烧酒瓶喝酒；川添浩史和井一清——安德烈和葛尔德在圣玛格丽特岛认识的日本人，展示了一番武士舞；威利·查尔达卡假扮成铁面人；弗雷德·斯泰因喝得酩酊大醉，抱着扫帚把大出洋相；西斯科·威斯和海撒·考文高举拳头。他们是安德烈的同胞，打从布达佩斯时代和初抵巴黎时从酒吧台上偷牛角面包的英雄年代起就相识的两个老朋友。奇姆再次皱起眉，全神贯注地试图用牙签搭建一座埃菲尔铁塔；女记者罗特·拉帕珀特发誓这是她这辈子最后一次接针线活；疯子充斥巴黎。光线把葛尔德的剪影折射在窗户上，她穿着紧身长裤，黑色翻领毛衣，脑袋朝后开怀大笑；旁边站着安德烈，戴着众人送他的流氓帽，嘴角叼着根烟，眼里蕴含着笑意，一副吊儿郎当样。祝你生日快乐，她对着他极轻柔地耳语。两个人的脸庞紧紧贴着，在一曲正风行电台的伤感音乐中起舞，吟唱者是名叫埃迪斯·皮亚芙[1]的女孩，矮小纤弱如同一只小麻雀。他们正在与自己的青春道别。而他们却全然不知。

他们就这样填满空闲时间。有些时候他们在塞纳河畔的堤岸散步。葛尔德喜欢看着那些亮着小灯的船只停泊在潺潺流水中。一艘船总代表着一种希望的可能性。当他们完成某项工作拿到酬劳后，就去维维阿尼广场的酒吧用早餐，喝咖啡，吃牛角面包。另外一些时候，当安德烈出去做报道时，她陪他。她就这样渐渐掌握了这份工作。调焦，估计曝光时间，调节光圈与光线相配。她喜欢看着安德烈斜倚着一堵墙，脑子里思索着将要拍摄的照片。她通过捷径踏上了摄影之路，不过这一切都令她越来越着迷：显影

① 埃迪斯·皮亚芙（1915—1963），法国歌手。

液的味道，等待时焦灼的情绪，看着影像一点一点从显影罐底部显现出来，她自己的面孔，纤细瘦削的手指，手托下巴，锁骨凸显在脖颈柔嫩的皮肤下，眼睛下面有一道黑黑的阴影。显得神秘莫测。

一段时间以后乔治从意大利寄来一张明信片。是佛罗伦萨市政府广场周围的情景，从兰齐敞廊取的景。安德烈不想看那张明信片，却一整天都斜着眼偷看，眼神就像发情的公牛，回答什么都用单音节词。如果她给他根香烟，他就偏不抽；要是她指给他看左岸一个摊位上的一枝红色康乃馨，他就把目光挪开。不过是朵令人讨厌的花而已。

葛尔德预感到暴风雨将至，小心翼翼地想要尽力阻止。会过去的。幸运的是他工作繁忙，因而没时间脑子过于发热。葛尔德以很不错的价钱得到了联合图片社的好几个合同。玛丽亚·艾伊斯奈尔对她颇满意。她辛苦工作。最近几个星期每天的睡眠不足五小时。她多希望每月一千二百法郎的收入是拍照所得而不是做财务管理工作的收入，但这是目前能赚的，并不能抱怨。而且她不失时机地使安德烈的工作受人褒奖。她为他的每一张照片博弈，仿佛那就是她的生命。就在那天上午，葛尔德为安德烈那个星期要做的三个报道的一千一百法郎预付金谈判。考虑到材料费的开销，预付金并不多，但足够交房租，一天三顿体面地在外面吃，甚至还能买点什么偏好之物。她在天寒地冻的大街上行走，想着所有这些事，双手插在大衣口袋里，头戴一顶羊毛帽，鼻子冻得通红，好似一个北极探险家。她或许不是十全十美的，她带着一丝对自己的宽容想着，不过作为一名经纪人她将一切都打理得不错。她打心底感到骄傲，希望到家里讲给安德烈听。她想要感受他结实的双臂绕在她腰间，他的身体紧贴着她，给她温暖，缓缓地把她带到特别高特别远的地方，等待她如同过去从未有人曾等待她一样。

很晚了。她看见他已经趴着睡着了，头发乱蓬蓬的，半边脸陷在枕头里，冒出来的胡茬把下巴遮挡得半隐半现。为了不惊醒他，她悄悄脱了衣服，并把衣服挂在了门上的一枚钉子上。她活动了好几次手指，让麻木的手指恢复活动能力。接着她把那件总是穿着睡觉的灰色旧睡衣套上，挨近安德烈的后背，找寻他身体的温暖。

如同拥抱一只豺狼。他发出一声可怕的哼叫，身体里的野兽翻腾起来，几乎把她推下地板。

"能知道你到底犯什么毛病了吗？"

没有反应。坟墓般的沉默如同黑夜，退回到自己的思绪。仿佛上帝阴影一样哑然。葛尔德翻身脸冲墙。她不想争吵。

"你们匈牙利人真奇怪。"她说。

"对，"他答道，"不过没有俄国人那么愚蠢。"

这只豺狼终于从洞里出来了。葛尔德感到一种可怕的厌烦，一种极度的疲乏，同时觉得他们俩没有一个有必要为即将发生的争执推波助澜。因为她立马就证实了，他将一直会和眼前看她的样子一样，一脸不信任，仰着头，表情严肃疏远，光溜溜的胳膊露在床单外头。她不是凭思维，而是靠身体和皮肤上竖起来的鸡皮疙瘩也能猜到他要说什么，一个词接着一个词，腔调刺耳，那种几乎无可辨识的声音，听见他说出一连串男人们在世界上任何一个地方的任何一个房间里成千上万次对女人重复的蠢话，就在那时她感到血流使她脸发烧，要么他要么我。要么这里要么那里。非黑即白。她本以为他会不一样，可她错了。他跟所有男人一样荒唐。头脑简单到可笑。有本事为虚无、为男人愚蠢的傲慢抛弃一切。不满足于已经拥有的，而是希望得到更多。要成为唯一的。仅他一人。不能再有第二人，现在不可以，以前和以后也不行。好，你从这扇门出去，回到十年前，那时我还是个柔弱的小女孩，既没有那个插着郁金香的陶罐，也没有湖边小屋，桌子上没有那把操蛋的手枪，也不存在那些粗暴地把人们推搡出商店的店主，更没有骑摩托出门在莱比锡的大街小巷散发传单的黎明，没有乔治，没有维西特街监狱，什么都没有，没有，没有。可是那个吉卜赛人以为自己是谁，难道他以为全世界是从他开始的吗？我的天啊！

她突然从床上起身。她无法相信正钻进自己耳朵里的话。因为此刻他已经不再和她较劲，亦不逼迫她做出令人憎恶且趣味低级的比较。谁更好。谁，更糟。他原来怎么对待你。如今我怎么对待你。而是想伤害、侮辱并让她低声下气。所以她突然提起《Vogue》杂志的那位女摄影师，瑞吉娜·朗格盖茨，安德烈刚到巴黎的最初几个月和她同出同进，她短发，高个子，两条长腿犹如草鹭。难道她问过他什么吗？不过无所谓。他继续念叨着，一点细枝末节都不落下，解释着，尽管没人要求他如此。或是他为《柏林画报》写报道时在多飒海边结识的那个西班牙女郎。匈牙利混蛋小子。真该死，我这辈子都不想再见到你。愚蠢的自以为是的混蛋。混蛋。混蛋。混蛋……葛尔德想着这一切，急速地套上裤子，把毛衣套到头上，嘴唇发颤，一种要作呕的感觉让她不得不撑住墙，双手捂住嘴。

他在床上看着她，好像正参与一部电影的放映，在某一刻脱离了他的双手，已无力倒回影片，也找不到一条未被傲慢侵蚀的路。他本该采取任何行动来阻止她，抓住她的一只胳膊并紧紧盯视她，不采用那些总以击毁她而告终的话，而借助于他们的身体。这是他最有把握的言辞。他想吻她的唇，鼻子，眼睑，然后把她推倒在床上，坚决且确实地钻进她身体里，渐渐与她的节奏相吻合，直到把她携至那个他的专属之地，那里既容不下其他的男人也容不下别的女人，没有过去也无未来，在那儿，既没有乔治·库利特克斯，也没有瑞吉娜·朗格盖茨。只有她和他。在一起。可是他瘫在那里动弹不得，咬紧牙关，皱着眉，头顶着墙，胃里面一阵空虚。他强烈意识到流逝的每一秒钟都与他作对，他必须说点或做点什么，随便什么都行。然而直到最后一刻他还期待她先有所为。女人在有些事情上要比男人坚韧得多。他感到失去一切时为时已晚，他看着她一把扯下衣架上的大衣，在两级一步地跑下台阶之前砰地一声摔上了门。

下雪了。整座巴黎城被白雪覆盖。屋顶，街道，商铺的屋檐，灰色天空下塞纳河上那些被充气轮胎保护着的摆渡船，从远处看天空和雾气弥漫的水面交织在一起，天空更加晦暗，似铅色，带着幽绿的纹理，如冬日下午的多瑙河般悲凉。他到所有的地方整天寻找她。露丝家，奇姆家。在咖啡馆整条街转了成千上万次也毫无音讯。圆顶咖啡馆，西拉诺咖啡馆，双偶咖啡馆，棕榈树咖啡馆，花神咖啡馆……一无所获。仿佛大地把她吞噬了。安德烈幽灵般行走在冰雪覆盖的大街上，夹克的扣子一直扣到脖口，衣领竖着，他听见圣诞歌曲从四处传来，孩子们在各家门口摇动小铃铛索要礼物。

他带着无限的怅惘，想象着被纱帘遮挡的玻璃窗后舒适温暖的家。

他正在慢慢体会到背井离乡最古老的理由。他忆起自己六七岁时布达佩斯的街道，他住在瓦罗莎兹·乌特卡大街十号，是一栋有走廊和带栏杆楼梯的公寓楼的后半部。那个时候他喜欢把鼻子贴在河对岸那些玩具店的橱窗上，奥匈帝国的雄伟建筑还巍然屹立在那片豪华的地带。他睁眼做梦，尽管他凭直觉已经知道圣诞老人不会把任何一个精致的铜制火车机头放到烟囱旁他的袜筒里面，因为天主教的圣人们不管辖犹太人社区，况且工人区不通邮。有些事情最好早点知道。你是谁。你从哪里来。你到哪里去。他十五岁就加入了世界穷苦人的行列。他想念她，当然。时时刻刻。不分昼夜地思念。她穿着衣服和赤身裸体的样子。她穿鞋和赤脚躺在沙发上，穿一件盖过大腿的毛衣，膝头一堆照片，素面朝天，刚刚起床的那副性感和懒洋洋的模样叫他发狂。他想着这一切走到卡布奇诺大道上，圣诞星高悬空中。他斜眼看着糕点铺的橱窗里摆满了用三色彩旗和糖渍栗子装点的杏仁糖糕。他看到店铺里装饰着槲寄生叶，流动货摊上盖满了圣诞花朵，而他却想去死。他耸着肩，双手插在兜里。他觉得比匈牙利寒风刺骨的冬天还要冷，他穿着两双袜子，穿着里子是羊羔皮的夹克，还是抵挡不住酷寒，依旧冻得要死。他携着灵魂深处的寒意前行，对自己，对上帝发怒，步伐摇摆不定，笨拙，与带着行李的人流反向而行。他感到一股对抗世界的盲目的愤懑。有两次因别人推他他又推别人，没有表示歉意，面对有些行人愤然的话语，他只是对着人行道边沿踢了一脚。

“他妈的圣诞节。”

第十一章

并不清楚他究竟是怎么死的，不过一切迹象都表明是场自杀。葛尔德从露丝那里得知消息。她知道安德烈崇拜他父亲。其实骨子里他们父子俩一个样。迷人，想象力丰富，有本事相信自己的谎话直至将之变作真话。实际上安德烈在聚会上逗朋友的不少轶事不过是年幼时在布达佩斯的现代咖啡馆听他父亲讲了成百上千次的故事的翻版，当时他母亲常吩咐他去咖啡馆找父亲，免得他在一局皮纳克尔①牌戏中耗尽家财。

德斯索·弗里德曼和儿子安德烈一样是名无可救药的浪漫主义者，他出身于辽阔的特兰西瓦尼亚②内地，在农夫的故事和中世纪的传说包围中长大。还是个乳臭未干的毛头小伙子时，他就为了见识世界离开了那儿，靠着无赖式的机敏，身无分文却在全欧洲从一个城市漂泊到另一个城市，直到有一天结识了茱莉亚，安德烈的母亲，才干起裁缝工作来。

安德烈双目睁得像圆盘那样听父亲讲述冒险故事，感觉既骄傲又滑稽，比如他讲有一回他为了穿越边境用布达佩斯餐厅的一份精选菜单冒充签证的故事。他想象父亲将此事做得极其严肃，从夹克衫里侧的内兜掏出证件，摆出很威严的架势，便大笑不已。许多年过后，安德烈本人为了离开柏林用了同样的伎俩，也奏效了。好运

---

① 皮纳克尔，一种牌戏，仅用9点以上的牌，两副48张。

② 今天所说的特兰西瓦尼亚包括罗马尼亚中部和西北部的16个县，面积将近罗马尼亚总面积的一半。

也能传承。

父亲对他说，优秀的赌徒必须表现得像是手里总有一张王牌。如果你知道如何扮演好胜利者的角色，最后你就能赢得比赛。糟糕的是有时候生活会出奇不意地揭穿你的把戏。那么就只能孤注一掷。而德斯索赌输了。

嗜赌是一种潜隐的疾病，携带在基因中，它和头发的颜色或是预言的断定一样。安德烈的血液里流着这种赌徒的基因。日子不顺时，他成天喝酒赌钱。如同眼力绝对无误的诺曼底人亨利·卡蒂埃-布勒松惯常所说：安德烈从来都不是绝顶聪明的那类人。他的聪明不是靠头脑判断，而是一名不可思议的直觉型赌徒。他关注其他人视而不见的细节。应该是经验让他的嗅觉更敏锐。他十七岁离开家门，从一家客栈换到另一家，经历了一场又一场战争。他拥有预见战争来临的智慧。一名天生的赌徒。

很久以后这种评判得以证实，一如他所展示出来的，一九四四年六月六日，英吉利海峡的上空，雾气如碎片般漂浮①。

大海。大海的喧嚣。那种动荡的场面不可能聚焦。上方，是机器发动机气缸的嗒嗒声，机盖的震颤。下面，则是泡沫翻滚的海浪的深渊。安德烈没有多想。他脖子上挂着两架康泰时相机就跳到了登陆艇上。然后他朝岸边看了看，试图估计出跨越的距离和海水的深度。前方，是六公里长的布雷区。奥马哈海滩。没有人告诉过那些小伙子他们究竟该干什么。只是必须把欧洲从纳粹的魔爪下拯救出来。他们靠近海岸时，安德烈冲着116步兵师E连的一名特别年轻的美国士兵挤弄眼睛。“小伙子，我们那头见，”他这么说好给那

① 指诺曼底登陆战。亦称“D日”。

士兵鼓气。

几分钟后世界爆裂成碎片。那帮士兵大多未满二十二岁。他们的脚还没能踩落在沙滩上就被击倒。镜头聚焦中橙色的火焰呈现在炸碎的成千上万的微小水珠间。迫击炮的巨响。大海的咆哮。指挥官的命令声几乎淹没在风声和划艇的发动机轰鸣中。安德烈没来得及调焦就按下快门。每个刹那都转瞬即逝。《战争影像》[①]。然后D日最大的屠宰场把大西洋翻滚的泡沫染成红色。短短几个小时中两千人阵亡。

安德烈是第一批登陆者中唯一的摄影师。他被作为志愿者编在116步兵团。在Easy Red区[②]。“战地记者把自己的命放在自己手里赌，”他在《轻微失焦》一书中写道。“可以把命赌在这一匹或那一匹马上，或是在最后一分钟重新把命存进口袋里。我是个赌徒。我决定随第一拨走。”他奇迹般地幸存下来，试图在没过脖子的水流中前行，接着拖着身子爬过两百米长的布雷区。猫与老鼠的游戏。当然那时候他已不叫安德烈·弗里德曼，她亦不在他身边。她逝去七年了。漫长的七年，没有一个白日和操蛋的夜晚，他能不去思念她。或许他唯一想要的只是某个人能出于仁慈冲他开一枪。

葛尔德对此事也略知一二。要么这个要么那个。这里或那里。活着或死去。总之，生活纯粹是一场靠运气决定胜负的游戏。她沿着小桥咖啡馆另一侧的酒吧走着，从咖啡馆的玻璃上看到他的背影。她知道一定会在那儿碰到他。他孤单一人，站着，身上那件大衣像是某个比他高大许多的别人的，他一动不动，双臂交叉放在吧

---

① 原文为英语。

② 奥马哈海滩是第二次世界大战的诺曼底战役中，盟军四个主要登陆地点之一的代号。德军在高潮水面以下构筑了四条由障碍物组成的防线。第一条防线位于高潮水位以外，共有两个缺口较大的缺口则囊括了整个Easy Red区。

台上，头低垂，做沉思状，仅在把酒杯放至唇边才打破平静。还没到上午十一点。他却像一棵刚刚失去了一只知更鸟的树那样悲伤，她想着，感到泪水开始模糊视线。只要出现这种情形她就咒骂自己，尽管她并不很清楚自己是在为谁流泪。她差点要夺路而逃。可是某种超越她意志的东西让她留下，于是她等待风儿拭干双眼，深吸一口气，调动出父亲曾教她的所有傲气，仰起头，以独特的行走姿势去见自己的男人，她因找到他而释然，但同时也坚定地不对他做出让步，在她的领地这一点可能都没有。

“真冷啊！”她缩着肩对他说，站在他身边，攥紧的拳头揣在口袋里。

他眉毛上挑。

“你去哪儿了？”他问她的语调有点淡漠。

“就在附近啊。”她说。接着陷入沉默。

事情就这样发生了。彼此都没有使对方过于吃惊，既没有激情洋溢的言语也没有毫无必要的喜出望外。自然而然的方式，如同重启被暂时中断的一次对话。他们各自走过了一段自己的路途。

“我们最好回家，对吗？”过了会儿她又说。于是他们就沿着人行道缓缓步行，他贴着墙，尽力走成直线。她小心翼翼地拉着他，好不让他感到蒙受羞辱。

他们重又生活在一块儿。两人离开了埃菲尔铁塔附近的公寓，搬到瓦维恩街的布洛伊斯客栈。从他们房间的窗户能看到多摩咖啡馆的露台。只需探出头来就能看到聚会上有什么人，要是有谈得来的人他们就下楼过去。不过因为忙于大选活动还要为联合图片社供稿，他们并没有太多时间参加聚会。

二月份，法国当局决定给记者签发工作许可以确保他们的居留权。葛尔德觉得这是使他们身份合法化的唯一方式。她得到了由阿姆斯特丹ABC新闻社负责人签名的首张记者证。她在证件上的照片显得异常开心，穿一件皮夹克，下颌微微抬起，金黄色的短发梳向前额两侧，骄傲地微笑着。日期是一九三六年二月四日。那个证件对她而言意义远远超过一纸合法保证。那是她作为记者的护照。

她首次开始撰写新闻报道，售出了一些照片，但她从未忘记她誓言要成为两个人的经纪人的事情。他们需要钱。政治类新闻的报酬不够他们过到月底，所以两人也写些其他的短小报道，诸如那个初春巴黎人的生活，那是万物萌芽的季节。安德烈偏爱街头市场和市郊。那儿令他真正感到愉快。唯有那里才能感觉到热腾腾的真实生活。非主流场景，如同科罗切特电影院，一个露天舞台被两个肆无忌惮的星探临时掌控。人们直接对着相机在众人面前表演。情侣们模仿弗雷德·阿斯坦[①]和琴吉·罗杰斯[②]的舞步，一直跳到动弹不得。除了有野心的年轻人，带着吞食世界的欲望，也有穿夜总会礼服的老人，生活失意的人们，正坏运连连，找寻出路。安德烈对这些人表示同情。每场演出最后，不留情面的观众们通过鼓掌或者喝倒彩表示称道或抵触。安德烈一如既往地仅限于拍摄激情。他知道自己要拍什么，也找得到题材。在巴黎或者马德里。在诺曼底或者越南。在纪念攻占巴士底监狱的活动或是郊外的科罗切特电影院。他的目标直指脸庞深处。他的相机捕获了激情并且将之留存在心

① 弗雷德·阿斯坦（1899—1987），美国电影演员、舞者、舞台剧演员、编舞家与歌手。

② 琴吉·罗杰斯，好莱坞30年代著名歌舞剧明星之一。是男星弗雷德·阿斯坦的银幕搭档，两人在1933年到1949年的16年间合作了十部电影。

底。无论是拍一名和平时期疲惫不堪的老者低垂着头从舞台上走下来，还是战争期间一个女民兵用大勺子从铁锅里盛汤，他的风格并无二致。他抵达了无人能及的境界：一对情侣在舞池里兴奋地致以问候；两个坐在人行道上打弹子的小孩子，他们身后是一座被炸弹摧毁的房子；有着一双黑眸子的女舞蹈演员在空中勾画着火焰的形象；一九四一年在一次德国轰炸中，两位年迈的英国老者在滑铁卢路的一个避难所喝茶。面孔和十字架。激情。

一连好几个月的艰辛工作。时间超长且疲惫不堪。到了旅店两人都筋疲力尽。他们不止一次倒在床上就着了，衣服都没脱，相拥着，斜躺在床垫子上，她的脸颊抵着他的腹部，好似从一次旅行归来的两个孩子。在某处，一场战争正在酝酿，将如同乌鸦的一个翅膀从阁楼破窗而入。

有太多债务要偿还，摄影材料价格昂贵，而报社会拖欠好几个星期才付稿酬。此外，还有康奈尔。安德烈的父亲去世以后，他的小弟弟康奈尔到巴黎来投奔他们。一个清瘦腼腆的十七岁男孩，瘦削的肩膀，松鼠脸。他有学医的打算，但最后跟所有人一样，在洗手间的坐浴盆里冲洗相片。赚取现金是当务之急。葛尔德不停地思来想去。于是，突然主意来了。恰恰是他们需要的。精明的一击。

他们杜撰出一个人物：某位罗伯特·卡帕，一名假想的美国摄影师，富有，名气大还是天才。安德烈梦想家的特质使他被这个名字深深吸引。响亮。简短。用任何语言都容易说。此外还令人联想到电影导演弗兰克·卡普拉①，他凭借克劳黛·考尔白②和克拉

① 弗兰克·卡普拉（1987—1991），美国电影导演，曾三次获奥斯卡最佳导演奖。代表作有《失去的地平线》等。

② 克劳黛·考尔白（1903—1996），法裔美国舞台剧和电影演员。

克·盖博[1]主演的《一夜风流》摘取奥斯卡奖。一个电影化的化名，世界性的，没有清晰的地域归属，也很难以种族或宗教的标准归类。对无国可归的流浪者来说算得上完美无缺的名字。

她把自己的身份也更改了。我的名字是塔罗。姬达·塔罗。跟她偏爱的女演员葛丽泰·嘉宝名字的元音字母一样。同样的音节。同样的韵律。可以是西班牙、瑞士或巴尔干地区的名字。任何情况都可能，但唯独不带犹太人名的色彩。

要是你连选择自己的名字都不可能，这是个什么样的世界，他说。

这又是一种游戏，一种不伤害他人的冒充，却是真心诚意的。一分为二，变成别人，行动。一如她小时候在斯图加特家里的阁楼模仿默片里的女演员。

演员的角色很清楚。电影只需要一段有意思的情节，他们很快就找到了。安德烈拍照片，姬达出售照片，那个所谓的罗伯特·卡帕获取名声。不过姬达定位他为要价不菲的行家，少于一百五十法郎的话，她就拒绝卖出底片。那是通常价格的三倍。母亲的教诲再次应验了。同样也是德斯索·弗里德曼的教诲：成功的表象会吸引成功。

有时候他们会遇到问题，当然，与剧本有些小小的不一致，不过他们机智地调整解决了。如果安德烈没能在人民阵线会议或是最近发生在雷诺汽车厂的一次罢工上拍到一张好照片的话，姬达总能替他遮掩。

“卡帕那混蛋又跟一个女演员跑到蓝色海岸去了。他真

---

① 克拉克·盖博（1901—1960），美国电影明星，代表作有《乱世佳人》。

该死。”

但这把戏并非完全不触犯到他人。也非清白无辜。安德烈把卡帕这个角色刻画得淋漓尽致。像戴一只手套那样把他粘在皮肤上。他殚精竭虑地去扮作那个美国摄影师，既要成功而且要像她新要求他做出来的那样肆无忌惮。而在他灵魂的最深处总留着一处幽怨的印记，期望知道她真正爱上的是两个人中的哪一个。安德烈爱姬达。姬达爱卡帕。而最终卡帕，如同所有的偶像一样，只爱他自己。

他的相机总是出现在第一现场，攀上老佛爷百货公司的顶楼，在雷诺汽车厂，在水牛体育场的台阶上，数十万法国人挤在那里的草坪庆祝汽车工人罢工成功。他躲在人群中，在大街上，在会议上，搜寻新鲜的视角，让他能看透正从指间滑过的那段时光。

时光如燕子振翅般转瞬即逝。他们未曾发觉时局正吞噬着他们。他们工作缠身，因而放松了警惕。不过有人一步不离地尾随他们的一举一动：白天在多摩咖啡馆的露台上喝第一杯咖啡；在圣德诺斯的一辆公共汽车上她把手伸到他衬衫底下；在从新桥到麦克马豪咖啡馆的出租车上火急火燎地做爱；在布洛伊斯客栈的台阶上，当姬达用手遮住脸庞，阳光从她的指间流泻；他急迫地给她脱衣服时眼里闪耀出一丝入迷的神情，他的唇急不可耐地找寻她的唇，失去耐性，气喘吁吁，她的手指温柔地想解开他衬衫上那些顽固的纽扣，他的舌舔着她骄傲的下巴，与此同时相拥着往他们在第三层的房间走，在每一个台阶抱紧，精疲力竭之际终于把钥匙插进锁孔。一整张特务网环绕着他们，爱情却对一切都视而不见。爱情是盲目的。唯有奇姆，凭着阅历丰富的犹太教信徒的敏锐眼光，觉察到奇怪的吻合，在同样的场合过于频繁地出现相同的面孔，这种暗中尾随不可能代表什么好兆头。

然而因为有了刚刚获取的媒体许可和闪耀的记者证，他们感到安全。他们年轻，漂亮，不可战胜。仿佛过往的一切都一下子消失了。罗伯特·卡帕和姬达·塔罗在他们生活的零起点上。难道有可能幻想一个更美妙的梦吗?

五月三日，左翼联盟组成的人民阵线抵达爱丽舍宫，与此前不久发生在西班牙的情况一样。罗伯特·卡帕在那里把欣喜若狂的每个瞬间都拍摄下来。差不多三个月以前德国军队弃凡尔赛公约于不顾，悄无声息地侵占了莱茵河地区。整个法国都震惊了。巴黎人开始行动起来。成千上万的普通市民走上街头，他们的脸上或担忧或紧绷或期盼的样子反映在他的每张照片里，当时人们拥挤在歌剧院广场上，想看看投影在巨型屏幕上的选举结果。最终出现了一个有能力阻止法西斯主义的力量。社会党占了议会三分之二的席位，莱昂·布鲁姆①，这位曾在二月份的法西斯分子袭击事件中幸免于难的英雄成为他们的领袖候选人。红旗在各部委飘荡。沿着蒙帕纳斯小广场出现了奏响《国际歌》的街头手风琴演奏手。

七月，玛丽亚·艾伊斯奈尔请姬达跟卡帕商量去作一个关于凡尔登大会战的报道，纪念第一次世界大战最血腥的战役满二十周年。那些照片呈现一片被夷为平地的场景：空无一人的辽阔土地上布满了烧焦的树木和充满积水的火山口。那仪式尤其令人动容。烈

① 莱昂·布鲁姆（1892—1950），法国作家、政治家，曾是社会党领袖，出任过法国总理。

士墓地被上百个聚光灯照亮。每一位曾经的战士置身在一个白色的十字架后面，每座墓前放着一束花。在这片令人惊恐的寂静之中，突然传来发射炮弹的声音。那一刻，闪光灯熄灭了，人群陷入黑暗中。没有演说。仅有的声音是一个四岁男孩向世界祈求和平。他的呼唤，通过位于墓地四个角落的扩音器使所有在场者的汗毛都竖了起来。

毫无用处。从凡尔登返回不久，葛尔德和安德烈，或更确切地说，姬达和卡帕同几个朋友共进晚餐庆祝人民阵线批准提高工资。他们坐在大世界咖啡馆的阳台，那儿的侍者调配的鸡尾酒是整个左岸最醇美的。她穿一件黑色露背晚装，平添了几许好莱坞缪斯的风采；他则身着浅色衬衫扎领带。极轻柔的风吹着塞纳河岸边的树木。七月十七日。音乐，笑声，杯盏相碰声，而猛然间，又有一只乌鸦的翅膀插入了那片幸福。

从餐厅厨房的一个小窗里，传出收音机播送在摩洛哥的西班牙军团起义的消息，领头的是个叫弗朗西斯科·佛朗哥[①]的人，一名阴险卑劣的元帅。希特勒和墨索里尼的西班牙复制品。

倒计时已然开始。

① 弗朗西斯科·佛朗哥（1892—1975），西班牙政治家，自1939年起独裁统治西班牙长达三十六年。

第十二章

— 两条长裤

— 三件衬衫

— 内衣

— 袜子

— 一条毛巾

— 一把梳子

— 一块肥皂

— 刮胡刀

— 卫生棉

— 红色笔记本

— 一张地图

— 橡皮膏

— 阿司匹林……

她忘了点什么却又想不起来。姬达停在打开放在床上的旅行包之前，一根手指顶着额头想了一会儿，一弹响指。当然。一本西班牙语双语词典。

西班牙已变成世界巨型旋风的风眼。人们只谈这一件事。甚至那些最远离政治的超现实主义者也向共和事业张开双臂，他们从一家聚到另一家，当众宣告那些滚若沸水、越来越矛盾百出的令人不安的消息。加那利群岛和巴利阿里群岛的军事暴动。阿斯图里亚斯的抵抗。一个叫盖伊宝德亚诺的将军在塞维利亚起义，纳瓦拉和瓦利亚多里德的大屠杀或动用私刑……每个事件在人们脑海中描绘的场景都令人不禁联想起戈雅的黑色画作。火的赤红和地狱的沥青。所以，当更晚些时候开始对马德里进行规律性的轰炸时，每一枚榴弹炮的巨响也回荡在巴黎的地基上，犹如对即将抵临欧洲的大灾难的通告。大街小巷人声鼎沸。所有人都赶到库波勒和花神两家咖啡馆，急迫地想知道报纸以外的一些事。第一时间的一条消息，来源可靠的证据，随便什么新闻……当欧洲各国政府任凭年轻的西班牙共和国遭受践踏时，一支由男人和妇女组成的超大部队自行冒险出发前去保护它。①

他们当中有作家，冶金工人，莱茵河和泰晤士河的码头工人，艺术家，大学生，大部分人没有任何战斗经验，但都深信世界强大的推动力正在解放比利牛斯山另一侧的国家②。也有记者和摄影师，十来个来自各国的特派记者。许许多多曾在夜晚与姬达和卡帕在库波勒同桌分享香烟的难民们加入国际纵队……诗人保尔·艾吕雅③在《人道报》的社论中写道：“一个人习惯于万事／除了这些铅灌的鸟儿／除了对炫目的憎恶／除了给他们让出地盘。”

姬达透过小窗望出去。她从未登上过飞机。机身下，比利牛斯山披着一种暗淡的紫红色，如同一件洗过多次的旧衬衫，每侧山麓仿佛都刻上了黄昏时分的阴影。为出版一期关于内战的特刊，Vu 杂

① 西班牙内战于1936年爆发，1939年结束，这场内战受到国际瞩目，三十五个国家的志愿者组成的国际纵队参与了这场战争。

② 西班牙与法国分别位于比利牛斯山两侧。

③ 保尔·艾吕雅（1895—1952），法国诗人和社会活动家。

志出版人鲁西安·沃盖尔给几名记者租了一架飞往巴塞罗那的飞机。澄净的天空，水箱般光润，弥漫着青绿色的氦气和幻日的水晶光线。姬达沉醉于那个即刻就开始被星星覆盖的空间。太壮美了，她在心里大喊。卡帕观察着她，仿佛刚刚才认识她。他从未觉得她像那一刻那么美丽动人，脖子靠在皮质的靠背上，瘦削的下巴，充满幻想的双眸，品味着一种难以诠释的希望。

有时候他和她之间出现这样的情形，她置之于外。他相信拥有她，可猛然间的一个词、一个简单的句子会让他意识到实际上他并不很清楚在某些时候她在想什么。然而他学着适应这些。她确实置身远处，一副心不在焉的样子。她回到五岁时的鲁特林根，拿着晚饭要吃的干果和炼乳制成的一块蛋糕和兄弟们从雅各的糕饼店往回走。三个穿着羊毛毛衣的孩子肩靠着肩仰望夜空之际，群星犹如成把的盐粒，三三两两地洒落……她从未像那时那般如此靠近星辰。这样的贴近令她感到些许孤独，些许忧伤。仿佛一段唯有她能聆听到的秘密音乐在某处响彻。那是星星的信息。

已经窥到城市的灯光，随着时间的推移，三角状的蒙特椎克山越来越大了，发动机的缓慢态势下房屋延展开去，她突然感到身体的一侧被抬起，似乎有人把他们从另一只肩膀狠狠地甩出去了似的。发动机的噪音愈发剧烈，五吨重的金属机身开始摇晃。发动机的运转速度似乎已经降下来，飞机不再向上攀升，而是一下子降落了一千米。驾驶舱内的位置指示针摇晃得越来越快。油压开始下降。整架飞机开始剧烈地抖动。人们彼此看着，一个字也不敢说。我们要撞死了，她想，然而她没有足够的时间去感受恐怖，或是祈祷神拯救她。他们和小山在同一水平线，由于压力的变化鼓膜疼痛，心跳每分钟上百下，不过都很安静。人生到此为止。环绕在普拉特机场周围的小菜园开始在小窗边摇曳，先朝向一边，接着向另一边。埋头待在机舱里的飞行员已分不清天上和地上。他全神贯注地驾驭飞机。连回转仪都不看一眼。他竭尽所能地试图避开小山，可它就在眼前，飞行员于是决定在随便什么地方降落，哪怕冒着落地摔碎的危险。飞机以创纪录的五百马力的速度，冲向点亮灯光的跑道。赛义德，天主，耶和华……姬达没时间做别的了。红色的指示灯突然亮起来，她看到飞机试图抬起机头部分，机翼倾斜着撞到一个棚屋的墙壁。巨大的噪音震得她双耳出血。她看到安德烈像无声电影演员那样做手势，动嘴巴，喊叫着什么，但听不到在说什么。机舱里烟雾很重，她觉得浑身肌肉疲惫无力。消防员和民兵以及一辆在帆布上画有红十字的军用卡车立刻赶到……模糊不清的声音是一种他们听不懂的语言，混乱不堪的嘈杂声，伤者们被扶起来。他们把飞行员救出来放在担架上。同时也撤离了骨折程度不同的两名记者，鲁西安·沃盖尔的右臂有三处骨折。不过卡帕和姬达靠自己的脚走出了飞机，虽然有点不知所措和迷失方向，但安然无恙。早知如此应该像奇姆那样步行穿越伊伦市的边界线。

一踏上土地就把那个恶之港抛在脑后真不错，信口开骂，倾力吐出亵渎神明之词，以他众所周知的臭脾气，骂婊子养的十诫，骂混球西奈山上的上帝。操。操。操……这些是卡帕首先做的事。这之后人感觉好多了。

“你怕了吗？”他问她，让她直接就着瓶口喝一口别人送的威士忌。他们往巴塞罗那走，开车的民兵一身蓝色连衫裤，衣服束带交叉在胸前，腰间别着两个子弹盒。

“不怕。”姬达回答，毫无自夸之意。她并非胆识过人，而是没有时间害怕。恐惧意识的产生需要时间。对她来说这种感情并不陌生。她了解恐惧所有的症状，如果接下来还有好几个小时，人就会慢慢地被想象所支配，一个接一个的想象，令人毛骨悚然的所有可能性。她曾在莱比锡，在柏林，在巴黎上百次感受过。每一次想起自己的家或不知家人下落时也会有同样的感受。然而在飞机上体验到的是另外一种不同的东西。瞬间且清楚。一种无法对抗的眩晕。

卡帕点燃一根烟，脑袋朝两边晃，温和地提醒她，神情严肃，带着家长式的语气。

“恐惧不是旅途上的坏伙伴，”他说，但并不知道他给出的正是对身处战争中的人的最好规劝。“恐惧有时候能救你的命。”

巴塞罗那已不复是一九三五年春天卡帕第一次西班牙之行所认识的那座布尔乔亚式的繁华城市。全国劳工联盟的无政府工会在莱耶塔纳大道搭建了临时营地。许多教堂都改作车库或是器械库，而那些堂区教堂变成工会办公室；主要的银行和大酒店被工人们占领。倾向托洛茨基的马克思主义统一工人党[①]在靠近加泰罗尼亚广场的法尔孔饭店有自己的基地，丽兹酒店现在是个公共食堂，入口处的牌子上写着：工会联合会（UGT）——全国劳工联盟一号食堂。

加泰罗尼亚大区宣传专员哈乌梅·米拉维特伊斯皮肤黝黑，和蔼可亲，三十出头的样子，他给他们提供了位于兰布拉大道的一处

① 马克思主义统一工人党，1935年成立，1980年解散，奉行马克思主义，共产主义，社会主义。

公寓落脚，还提供了在城市里拍照所需要的媒体通行证。

经过那起事故，感受到依旧活着的狂喜出现在他们所有的动作中，像是庆祝他们未来在一起的每一分钟：做爱的方式，两个人紧紧地相拥；因为很可能在不久之后的某一天他们中的一个或两人都会死去，那就没什么能拥抱了，连他妈的一枚钉子都抓不住；她可爱的小小身躯横在床上，套着他的睡衣香甜地半梦半醒；大清早为了一块海绵或是为了共用一面小小的长镜子欢快地争吵。他试图高过她肩膀刮胡子，肥皂涂了半张脸；她用肘推他以便自己涂唇膏。姬达稀奇的绿眼睛带着几分讥讽瞧着他，像是卖弄风情又像是在说“我不走”。放在瓦斯炉蓝色火苗上的咖啡壶已冒出气泡。他们饥肠辘辘地等着早饭。

头几天他们着迷似地走在大街上，穿行在携带武器的混乱人群当中，孩子们在堆做街垒的沙土袋子上玩耍，全国劳工联盟、马克思主义统一工人党、加泰罗尼亚社会工人统一党的民兵身着蓝色连衫裤，束带打在胸前；黑眼睛，头发蓬乱如狮鬃样的女兵，一只手拿着报纸，另一只手里握着毛瑟枪。颠覆传统女性符号的形象。那群女子属于另一种出身。她们不是那种一听见狼嚎就把头藏到枕头下面的女人，她们敢于立在窗前射击，凭借武力驱赶法西斯分子。法国和英国杂志争相把她们用作封面照，不仅仅由于她们勇敢无畏，而且因为她们意味某种形象。“战争的魅力，”卡帕老练地道破，与此同时在车门上混乱涂画着无产分子联盟字样的一辆充公的小汽车全速穿过感恩大街驶往司令部。

短短几天后，他们就已熟悉了那种氛围，就好像他们是在感恩街区长大的。他们一个区域一个区域地梳理那座城市，从最细微的激情里汲取养分，试图用他们的相机诠释世界。所有的相片都带有“卡帕”版权标识，不过，其实特别在初期辨识作者并不难。他使用莱卡相机，快门速度很快，很容易接近要拍摄的物体。和姬达相比，他的取景框要更封闭，但是几乎总是会加入其他元素让画面更具活力。姬达使用禄来福来，挂在胸前的高度，她拍照的动作比安德烈慢。她花时间调取景框。从技术的角度来看，她的照片更符合标准，不过也更程式化。她缺乏即兴感。她刚刚起步还不太自信。但她拥有辨别那些无可重复时刻的直觉。一对坐着沐浴在阳光下的情侣，男的身着蓝色连裤衫，戴着民兵帽，攥着靠在地上的长枪；女的一头无比金黄的头发，穿着深色衣服。两个人毫无顾忌地笑着。有什么引起了姬达的注意，也许在于那对情侣和他们相似，年龄相仿，有些外表的特征简直能互换，同样的亲密无间，彼此默契。她调焦，利用光线，正面取景。在树林的背景映衬下两个侧影的轮廓显现出来。咔嚓。一眼看上去是张洋溢着快乐的相片，但却有种悲剧的色彩，某种含糊不清的预警。

可战争就在不远处。成千上万准备出发去阿拉贡前线的士兵集结在法国车站的玻璃遮棚下，与此同时联合广播不停地播放着征兵号召。姬达和卡帕拍到成百名年轻男子与未婚妻告别，成家的男人们拥抱着年幼的孩子，惊慌的妻子急促地催促他们，帮着男人们把匆忙塞在裤子里的衬衫整理好。在那个站台上既没有泪水也没有安德洛玛刻[①]式的诀别。清晨横亘着投射来的光线下只有浓厚的火车蒸汽，车门敞开着的车厢挤满了志愿者，用白漆书写的标语挂在车体中央：“宁死不向暴君低头。”生气勃勃的年轻人从小窗探出头，

① 特洛伊王子赫克托耳的妻子，以对丈夫忠贞著称。

挥动着拳头。他们对等待着他们的事情一无所知。他们中的大多数再也没有回到巴塞罗那。

一艘货轮刚刚停靠在加的斯港，装载着首批飞机和纳粹士兵踏上了西班牙的土地。

第十三章

公路变窄。太阳光线照得汽车发动机罩闪闪发亮。卡帕点燃一支香烟，一个胳膊肘撑在打开的小窗边。由于有弯道和连续不断的检查岗哨，他谨慎地驾驶。姬达把头倚在靠背上，从橄榄林吹来干燥的风拂动着她的头发。她正用口哨吹着那些天来到处都听得到的一首歌曲的歌词。我爬上了一棵绿色的松树 / 想要看看是否……望到他 / 想要看看是否……望到他。/ 而我只看到一列装甲火车 / 连续射击得好 / 连续射击得好。/ 来吧，来吧 / 火车头呜呜响 / 而佛朗哥……要去散步 / 佛朗哥……要去散步。他们沿着机动车纵队往前线走的同一条公路，驾驶着一辆媒体公务用车旅行。她的一个膝盖挨着变速器，过崎岖路面时便得挪开膝盖并向上抬起。驰骋在一片几乎陌生的尚未爱上的土地上，两个人待在车里的亲密劲儿叫她欢喜。一路上他们不断和飘扬着全国劳工联盟红黑相间旗子的卡车相遇。时不时传来隆隆声，像是极遥远的雷鸣，那是某发炮弹的轰鸣声。

在乌艾斯卡，前线已经稳定下来。战事进展得如此缓慢，民兵们把机关枪放到位以后，还有时间帮着周围集体收割的农民们收获，给麦子脱粒。姬达静静地在金黄的田野上漫步，小径旁放着成堆的麦秸，她拍摄了许多农业劳作的场景当做捍卫共和国努力的一部分，然而如许的宁静惹怒了卡帕。他唯一想做的就是拍摄一次共和国的胜利。

他们朝着西南开了好几公里，人们告诉他们主要由共产党志愿者、波兰和德国犹太人组成的台尔曼旅[①]在那里作战。它是国际纵队的起源。绝大部分人曾前往将在巴塞罗那举办的工人奥林匹克，作为对因战事而不得不取消的柏林奥运会的补偿。姬达和卡帕觉得这是个能听到说自己语言的人如何置评时局的机会。他们学过的西班牙语已缩水成几个零碎的单词。他们持续听着交谈却鲜有听懂的，那些手势和胡言乱语让他们觉得有趣。干杯。同志。来横的。这些构成了他们行走这片未收复之地的基本词汇。

他们一到距萨拉戈萨二十公里外的莱塞尼纳便碰到一群戴着头盔、脚穿麻鞋的战士正在看《工人画报》。这个小镇是马克思主义统一工人党纵队的活动中心，日后乔治·奥威尔受伤之前将在这里度过一个冬天。他们能在那儿聊有关马德里的鼓舞人心的最新消息，武装起来的民众向阿尔卡拉和托莱多出发，阿斯图里亚斯的抵抗……跟他们交换看法感觉畅快。然而那儿似乎也找不到他们寻觅的行动。那里遭遇过一次夜间袭击，但打那以后就几乎没什么冲突了，战士们干等着，在那种蒸笼般能把过于紧绷的神经击断的酷热中，他们烦透了。卡帕再也受不了了。那些死气沉沉的光阴如铅块一样压在他肩膀上。

他用脚踹开半开半掩的车库门，沿着一个过道前往由昔日存储进口物资的旧仓库改建成的临时酒馆。长串的蒜辫从屋顶挂下来，那些袒胸露怀，汗流浃背的士兵们每天下午在那儿消磨时间，在普拉维三叶草肥皂的广告年历画前以阿拉贡人的架势抬高一只靴子。

“这里不卖酒给女士，”酒馆老板说，他是个个头不高身体健

---

① 厄内斯特·台尔曼（1886—1944），德国共产党主席，国际纵队中的两支部队以台尔曼命名。

壮的家伙，乡下人打扮，一见到姬达胳膊肘撑在吧台上，若无其事地抽一根蓝色高卢烟，便这样说。

“没看见她是外国人吗？”那几张桌子上坐着的一个马克思主义统一工人党的小伙子说。“如果说法西斯分子会给她一枪的话，你他妈的也可以给她来杯葡萄酒吧。”

还没等卡帕和她反应过来他们争论的原因，酒馆老板早已上到木台去拿酒囊倒酒了。

“国际媒体，”陪他们来的班长向众人介绍。

面对他们外国人身份和职业之后，可怜的老板不知该如何解释。他把双手在围裙上擦干，在吧台上搁了一瓶红葡萄酒和两只有缺口的杯子。

“请你们见谅，杯子快破了，可是因为我们不再生产……”

“无所谓的，巴科。你也不必客气，”班长答道。“都是信得过的人。”

然而争论悬而未决。尽管有手持步枪的女民兵坐在咖啡馆里，但共产党人主张女人们不参与武装斗争而在后方劳作，这场争辩曲解了原意并离间了共和派本身的成员。实际上，没过几个月，在秋季，作战部长拉尔科·卡瓦耶罗[①]就不让女民兵上前线，收回了她们的制服。

“老板说得有道理，”台尔曼旅的一名志愿者用德语脱口而出，他是一名瘦瘦的共产党人，戴眼镜，后勤物资运送专家。“你们好似郊游一样把自己的娘们儿带来。就该受着，让她们陷在麻烦里

① 拉尔科·卡瓦耶罗（1869—1946），西班牙政治家，二次共和时期曾出任战争部长。

吧。要是她们愿意像美国的黑妞那样帮忙干干护士，在医院有的是绷带要剪。”

他的话正是卡帕要宣泄掉那死气沉沉的气氛所造成的紧绷感需要的。卡帕回头看着他，黝黑的眼睛杀气十足，肌肉紧绷，两只胳膊和身体稍稍分开。

“谁让你随便插嘴的？”卡帕冲他嚷。“有什么人问过你什么吗？你未婚妻在家里做糖渍草莓或是弹钢琴等你，我对你说三道四过吗？你也知道有些女人更愿意拍照片好让世人知道这个国家正在发生的事情，要是你不喜欢，那就拉倒。”

“等到哪天她挨了枪子或是因为她的错让你挨了枪子，咱们就看看谁拉倒吧。那时你就知道在有些情况下女人们只能招来麻烦。”

姬达参与争论，感到些许不自在，没有介入的欲望。尽管他们是共产党人，但这帮人还像是生活在上个世纪。

“要是他们朝我开枪，那是我自己的事。”卡帕盯视着他，异常严肃地说。没什么。“跟其他人无关。她和我一样承受风险。我到哪儿，她也到哪儿。你要是讨厌她在场的话，你知道门在哪儿。”卡帕指向挂在门框上隔开店后房间的黄麻布。

姬达冲他笑笑。遇到这样的事情时，她喜欢这个有恶魔性格的举止粗鲁狂傲的匈牙利人。可能有些时候他野心勃勃且自私自利，或是跟所有人一样牵头干荒唐事，但他值得信任，他粗暴的个性使他比之处于类似情形下的大部分人，彰显得更为勇敢无畏。他堂堂正正，有点霸气，帅极了，与此同时她想尽量将那个时刻的他留在记忆里，衬衫敞开着，脸色阴沉，双拳紧握插在兜里，用德语骂人，骂那个混蛋。

“一对奶子的作用比两辆大车更大，”一个不会说话的乡下人评判道，不过他醉醺醺的，而且一上来就明白那场吵得狗血喷头的争执将去向何方。

那个德国人透过眼镜瞪视着酒杯，深深地灌下一口，沉默不语。也许他正想着，但愿那些人揍你一顿，你就不得不收回自己所说的那些话，白痴，但他什么都没说。

然而，必须一个词一个词收回自己话语的人该是他。没过多久，二十五号那天，离塔尔迪恩塔没几里地，当他所在的部队试图炸毁一列佛朗哥分子运载补给物资的火车时，他腿部中弹，一名年轻的英国志愿者，费丽西亚·布朗把他从铁路线上救下来。她抓着他的双肩拖行了二十五米，最终将他安全安置于一个土坡的后面，自己却暴露在法西斯分子交织的炮火下。当她转身返回到同伴身边时，一个佛朗哥军团的士兵举起冲锋枪扫射，击中了她的胸部。

她三十二岁。画家。女人。第一位英国女性牺牲者。有些男人需要无可辩驳的事实才会承认自己错了。另外一些永不认错。

“最好把胆量留在能派上用场的时候。”一名五十岁开外的农民哲学家插话，他嘴边叼着粗劣的黑雪茄，在拍摄视距的中景位置参与争论。“在这里，我们所有人都在壁垒的同一侧。”

他说得在理，卡帕想。那件事确认了他首次西班牙之旅中所学到的某些东西。与西班牙人的相处之道规则清晰，不存在模棱两可。该给男人敬烟，而把宁静留给女人。

那片传递着令人窒息的孤独感的荒野，尤其在凝滞不动的天空下当他们透过照相机的取景器观察它时，对于一对年轻的摄影师伴侣而言，它能有何意味？或许，他们尚不了解脚踏着的疆域，但源于对那里人民的节俭素朴、率直的幽默及强烈扎根在那方土地的方式的仰慕，他们开始对这块土地有好感。卡帕和姬达都想成为那风景的一部分。他们慢慢疏远了自己的故土，如同那些流经许多国家的河流。他们想脱去各自对应的国家的衣衫。这点是西班牙对他们的首次教导。阳光和橄榄。国家不存在。唯有民众存在。

黄昏时分他们在广场上散步，墙上贴着的斗牛海报是去年的，已泛黄了。他们拍下站在市政厅阳台的民兵，他们正聆听阿斯图里亚斯矿工领袖马努埃尔·克罗西的讲话。当他们坐在一座屋前抱着别人给他们的大肚水罐喝水时，钟楼的钟声敲响了七次，楼体水泥扶垛依旧挺立着，尽管大半已被迫击炮的碎片所毁。他们听见傍晚归来的成群山羊远远传来的铃铛声，恍若在沙漠中央。酷热将远方的景色扭曲得波浪起伏，犹如海市蜃楼。就连马克思主义统一工人党的总营地也像贝督因人①的驻地，帐篷被拉线牢牢系紧。费德里科·加西亚·洛尔卡②在格拉纳达近郊被杀害的消息在一天下午传到那里。这是另外一个西班牙的面孔，那个焚烧书籍并叫嚣“打倒智慧！”“死亡万岁！”的西班牙，那个痛恨思考并且在天明时分枪毙了他最优秀诗人的西班牙。

在那些漫步途中，姬达和卡帕几近沉默，每个人面对那片居住着干瘦的狗群，身着黑衣的年迈女人的土地，看着她们在一株无花果树的树荫下编织柳条筐，风削割她们的脸颊，两个人的反应各不

① 阿拉伯半岛和北非的土著居民。

② 费德里科·加西亚·洛尔卡（1898—1936），西班牙著名诗人、作家。西班牙内战期间因支持共和政府而惨遭法西斯势力杀害。

相同。她开始觉察到或许那场战争真正的面目不仅仅在于即将看到的付出鲜血与开膛的身躯，而且也是驻留在那些妇女眼中的苦涩的智慧；在场院中胡乱游荡的狗的孤寂，它瘸腿，后爪被子弹打断；收在木匠抽屉里的恐怖，里面有一个小小的用麻袋布包裹的塑像，像一公斤大米。她摄影师的目光得以训练，且一点一点累积成一种非凡的观察力。出于好奇，她小心翼翼地拎起布的一角，发现里面是一具套着白色带窄花边衣服的仅满数月的婴儿尸体，父母准备当日下午安葬她。姬达没说什么，但她独自走到外面的田埂，坐在田边，头靠膝盖，哭泣了许久，眼泪滴落在裤子上，无法停止哭泣，不很清楚为何流泪，孤零零地望着那片黄色田野的地平线。她刚刚学习了记者生命中重要的第一课。任何风景都不可能如一段人类历史那样凄苦无助。这点将成为她摄影作品的标志。她的相机在那些天捕捉到的瞬间不是像Vu或《致意》这样的军事杂志所期待的战争画面，不过那些轻微倾斜的取景传递出比战争本身还要震撼百倍的寂寥与愁苦。天空低垂，战士们在公路上挪移，远处的薄雾。

夜晚，他们围坐在营地中央的篝火边。晚餐是兔肉配青椒和鹰嘴豆，并浇了红葡萄酒调制的深色酱汁。菜烹制得相当可口，但她一点东西都不想吃。她的脑子被其他事情占据了。所以当卡帕建议第二天继续沿着通向马德里的道路前行时，她感觉到卡帕仿佛用一把刀斩断了阻碍她喘息的隐形绳索。

“我们走吧。”她对他说。

第十四章

马德里，西班牙的心脏，
伴着发热的脉搏跳动；
如果昨日鲜血使马德里沸腾，
今天将怀着更大的愤懑让它沸腾……

拉斐尔·阿尔贝蒂[①]的诗句每时每刻响彻在马德里电台。这座城市已遭受了两次轰炸，尽管赤胆忠心的部队成功地把法西斯分子的进攻阻挡在瓜达拉马山，但有关大队法西斯武装将从西南部逼近的消息日益搅乱人心。马德里做好了最坏的打算。在圣贝尔纳尔多大街，在有轨电车的停车场前卡帕再次听到一群堆砌街垒的民兵高声重复贝当[②]在凡尔登喊过的“他们过不来”[③]，这次用的是西班牙语，声音更为高亢。他们过不来[④]。战争也会渐渐地将语句留传下来，一场战争的鲜血与另一场的相连。自特洛伊战争以来即如是。战争本身便是时间倒流。人民遭受屠杀，妇女遭凌辱、头发被剃光，家园被焚烧。滑铁卢，凡尔登，宗教裁判所的火刑，戈雅笔下

① 拉斐尔·阿尔贝蒂（1902—1999），属于包括加西亚·洛尔卡、纪廉在内的西班牙“二七年一代”的诗人。

② 亨利·菲利普·贝当（1856—1951），法国陆军将领、政治家，一战英雄，被称为“凡尔登的救世主”。

③ 原文为法语。

④ 原文为大写。

的灾难，五月二日[1]……

城市受到威胁的感受要比姬达和卡帕在巴塞罗那见到的更为明显。在马德里不得不紧闭窗户，而且发光广告的亮度也降低了。警笛拉响时，供电就全被切断。即便如此，这座城市依旧信心满满，以自己的方式继续梦想。这让姬达唏嘘不已。马德里人热爱电影。他们去看弗雷德·阿斯坦和琴吉·罗杰斯[2]的片子，哪怕观影之后返家途中必须从电车上下来趴到地上以防子弹射穿车窗。女孩们如痴如醉地注视着以炫目的美式摩天大楼的檐壁作背景的电影海报上的那对情侣。他，瘦削，身着燕尾服；她，微笑着，眼里蕴含着那种身世卑微的天真，夹着点懵懂，像所有女孩一样轻信，望着他宛若带翅膀的天使那样在身边转来转去。电影散场后，那些充满一模一样的幻想的女孩们将在瓜达拉马山或大学城门口开枪作战。绝大部分票房收入用来维持野战医院。踢踏舞是忘却屋外机关枪连发声的一种方式。当卡帕相当茫然地驾车行驶在克维多大街，找寻着去往佛罗里达酒店的方向时，姬达把相机从车窗探出去。在普罗耶克西奥内斯影院门前，两个棕色皮肤、膝盖脏兮兮的孩子在柏油路面上跳舞，他们的鞋跟和鞋尖都钉上了大头的小钉子，在模仿弗雷德·阿斯坦。他们拿一根洋槐树棍当作手杖。戴着假装礼帽的帽子。饥饿与恐惧交织中生出这般优雅的情趣，犹如镜子另一边的世界。咔嚓。

马德里如是。战前金光熠熠的天空。工人们在大地女神像[3]周边

---

① 1808年5月2日，西班牙马德里居民起义反抗法国侵略军的占领，受到法军镇压。画家戈雅后根据该题材创作了名画《5月2日的起义》、《5月3日的枪杀》。

② 指这两位歌舞片巨星琴吉·罗杰斯和弗雷德·阿斯坦合演的电影《欢乐时光》。

③ 指位于马德里市中心的一座女神雕像。

建造了一个砖制的穹隆保护顶。

他们躺在旅店床上，一丝不挂。光影透过百叶窗滤进来。他们目光盯视着天花板。

“你从没想过有一天这些会结束吗？”姬达问道。她说话有点含糊不清，双臂交叉在脑后。

“什么？这种状况吗？”

“对……我不知道。”她不做声仿佛正纠结于某种难于言表的念头。“所有一切。”

这类表达方式把卡帕弄得一头雾水。不在于其含义，而是他理解不了她。当她说那些话时，卡帕感到在自己旁边的仅仅是姬达的躯体而已。他转身看着她，那个样子，那么瘦，锁骨突兀地绷出皮肤犹如鸡的小翅膀，排列成行的肋骨跟一艘船的骨架没什么两样。

“你们女人太复杂了。”他说着将张开的手掌滑向她依旧散发着精液味道的腹部。

“为什么？”

“我不知道，姬达，你有时候像个小女孩，我喜欢看着你双手插在口袋里走在大街上的样子，胯部微微摇摆，微笑着……”

“你只喜欢我的胯吗？”

“不。我也喜欢看着你像今天下午那样把半个身体伸出窗外去拍摄在街上跳舞的那帮孩子。我喜欢你牙齿间的小缝，”他边说边用一根手指头拨开她的嘴唇。“我喜欢你所有的一切，包括你的放纵。我迷恋你哈哈大笑时头朝后仰的样子。或是你下厨时，没人要吃你做的饭菜。”

“我做的也没那么糟糕。”她打趣说，拿起枕头往他脸上甩。

“当你站在玛丽亚·艾伊斯奈尔的办公室，一本正经地冲她说：‘卡帕那个混账东西又跟个女演员跑到蓝色海岸去了。那个丑八怪’时，我喜欢得不得了。”卡帕惟妙惟肖地模仿着姬达的声音和表情。

这时候两个人率真地笑起来。乌黑的云团溜走了。卡帕起身从床头柜上拿了一支香烟。

“但另有些时候，我一点儿都不喜欢你，一丁点儿都不，”他说着把点燃的一支香烟放到唇间。

“什么时候？”

“就是你琢磨德国或波兰犹太女人，或你的那些稀奇古怪的事情时，严肃得令人害怕，两眉间刻下那道皱纹，而拉长的那张脸使你看上去像克尔凯郭尔①。”

“那么吓人吗？”她抱怨说。

“何止吓人啊，根本是只奇丑无比的怪物。”卡帕说着双手揽住姬达的头，朝她伏下身之际觉察到性器再次坚硬起来，于是他的手指轻柔地把姬达的大腿掰开好重新插入，伴着时断时续的呼吸，他把她拦腰抱住，舔她的下巴，突出来的锁骨，一根一根地舔舐她的肋骨。“不过我知道再让你变得如童话中公主那么漂亮的秘密，”卡帕说着慢慢地滑向姬达深陷的腹部，阴部毛发卷曲且炽热，如同细绒毛的阴影间一处颤动着的核心。他把姬达的腿又掰得更开，抚摩她的足踝和柔嫩的双腿内里，在她皮肤上留下唾液的痕迹并一点一点向上攀，他小心翼翼地拨开阴毛，果断地把嘴伸进

① 克尔凯郭尔（1813—1855），丹麦宗教哲学心理学家、诗人，现代存在主义哲学的创始人，后现代主义的先驱。

去，缓慢又深深地吮吸着，跟吻她的嘴巴一模一样，只是在换气或是把嘴里的毛拿出去时才缩回来，那块黑褐色的敏感地带贴着湿漉漉的脸颊。而她轻柔地把他的头朝下推，超越了自愿或羞怯，又从头开始。时断时续的呼吸，最后一缕阳光投进百叶窗的缝隙里，即将从一个时刻坠入另一时刻的感觉，同时她抓紧他的脊背，沉溺于那下意识里最后的愉悦，猛然间想到它的确不可能持久。

然而他既不感到遗憾也不觉得害怕。惟有一种奇怪的忧伤，仿佛在那妙不可言的时刻之后，死亡也没什么了不起。

一间黑漆漆的房子。一张地形图。一个打开的旅行袋。床头柜上有两架相机，时不时闪现的瓜达拉马山脉射来的爆炸亮光。

卡帕此刻违反了规定，叼着香烟，身子探出窗外。马德里一片漆黑，没有电。

两个月之后他可能会记起那根香烟，那时战争已不是眼前黄昏时分的橙色闪光，而是弥漫四处的枪林弹雨。子弹、碎片和炮弹在墙壁上反弹时击打出噼里啪啦噼里啪啦的声响……马德里人以其辛辣率真的个性，因炮弹的常规尺寸，把格兰大道叫做十五个半大街。那时整座城市成了布满窟窿的一个巨大战壕，连香烟都实行配给制，吃的是半流质食物和红薯。喀啦，喀啦，喀啦，喀啦……弗雷德·阿斯坦轻盈灵巧的踢踏舞变作混杂着警笛鸣叫的一种震耳欲聋的噼噼啪啪声，伴随着这声音人们匆匆踩着阶梯走入地下防空洞，同时榴弹炮在电信大楼上炸开了花。不过这一幕尚未出现。此刻两个人赤裸裸地紧紧相拥，依偎在窗前，注视着夜色。姬达看到卡帕抽完最后一口烟，两眉之间皱起来。胡子的阴影使他看起来有一种固执且无可通融的表情。她太了解他，能猜透他的心思。他忧心忡忡，因为还没能拍到一张有价值的照片。

"我们必须靠得更近些。"卡帕说。

"好。"

"我们只有两种选择。"他把地图摊在她面前，用一支手电筒照亮。"托莱多或科尔多瓦。"

在托莱多，煽动暴乱的莫斯卡尔多元帅①和拥戴他的一千名士兵，连同其家人、女人、孩子正监守在控制着这座城市的堡垒中。此外，他们扣下一百多名左派邻居作人质。共和党的部队一连好几个礼拜围攻阿尔卡萨尔堡垒，却一无所获。它坚不可摧。据说来自煤矿的一队阿斯图里亚斯人要投放炸药，他们在城墙下挖掘了两条放置爆炸物的通道，好以此打开一个入口。

在科尔多瓦共和政府发动了一次大规模进攻，想把该城从瓦莱拉元帅手中夺回来。当局每天都通报新战况。打一次胜仗的需要使得忠诚的部队已攻入城中的谣言散布开来。姬达和卡帕在仔细分析过局势之后，得出的结论是，那些投放炸药的弟兄应该还会在隧道里待很长时间。

他们选择了科尔多瓦。

卡帕还并不知道，在那儿等待着他的是那张他一生的经典照片。一个令他扬名的形象，将登上全球主流杂志的封面，那张照片将使他变作二十世纪真正的偶像。一张使他对自己的职业猝然产生彻骨仇恨的照片，或许这种仇恨是指向他本人的，因为自那一刻起所有的一切都面目全非：那名在布达佩斯街区成长起来的匈牙利男孩已不复存在，再也不会重新拥有二十二岁。

---

① 莫斯卡尔多（1878—1956），西班牙军人。1936年加入反政府的军事政变。

西班牙的战争还将延续漫长的三年，而世界大战的战火则会持续七年，由此后果又连带了更多战事：巴勒斯坦，朝鲜，印度支那……以及其他诸多充满厌倦与绝望的年份里，他在世界上各地的旅馆，靠在窗台上回忆。

战争中挤满了只能回头顾盼的人们。因为有时候生活转变了方向，个人只能想方设法对付。

那个晚上，马德里《声音日报》的记者克莱门特·西莫拉走进了那家位于格兰大道的奇科特酒吧，里面宽敞的窗户被土渣袋挡护起来，西莫拉一只耳朵塞着耳机，另一个耳机耷拉到下巴底下。他总是随身带一台矿石收音机，那是《国际先驱论坛报》的一个记者给他的礼物。这么做有点出于虚荣，还有点想处于世界最新潮流之巅的意味。那是个小小的黑色机子，调频指示板是绿荧荧的颜色。

在那家装修现代的咖啡馆，经常来光临的客人是民兵和作家，向所有人夸赞奇科特的鸡尾酒的外国记者，身着皮衣，抽淡烟的国际纵队队员，还有几个戴假珍珠项链，以老式方法化妆，抹着脂粉的年轻女子。所有人乱糟糟地围在这位经验丰富的记者周围，急不可耐地等待一个定论。

“该死的法国人！”他吐了口痰。

当天的新闻是法国政府拒绝给共和党政府提供武器。对于英国，没有人指望他们什么，然而，法国人是门挨门的邻居，人民阵线的兄弟政府。多丽丝·伊瓦露蒂①，一位在索莫拉斯特罗矿区成长起来的巴斯克妇女，她的话依旧留在人们的记忆中，她作为矿工的女儿和妻子，以那种浑厚的嗓音在巴黎市区冬季体育馆召开的最后

① 多丽丝·伊瓦露蒂（1895—1989），西班牙女政治家。曾任西班牙共产党代表。

一次共产主义者大会上说："你们必须帮助西班牙人民。今天是我们需要帮助，而明天就将轮到你们。我们需要大炮和机关枪去抗击同样也在你们边境线上的法西斯主义。"

但没人想听她的话。

第十五章

荒芜的道路。被遗弃的住所。门窗关得严严实实。牛羊零零落落毫无方向地在大街上游荡。一座荒村。凭常识任何人都会意识到应该在这种地方停下车，掉头走开。

他们随着黎明的第一缕曙光离开了马德里，备好了记者证和所需的通行证，朝着离科尔多瓦特别近的位于蒙托罗的共和国驻军总部前行，路上差不多需要三天时间。从那里他们要继续赶往穆里亚诺山。那天空气中弥漫着蜜糖浆味道，和煦的阳光温暖了房舍的墙壁，血红的天竺葵花装点着阳台。那些天里的某一天，战争机器在重新无休止地转动之前暂停了几分钟。趁着停火，姬达和卡帕也停下来喝口泉水，坐在门口的台阶上，自问道究竟是什么原因使那地方空无一人。没有丝毫的暴力迹象，没有被焚的收成，也没有破碎的玻璃，不过在镇子的广场上唯一听得到的是迷失方向的山羊佩戴的铃声。所有的人都逃走了。男人，女人和孩子们。徒步，骑驴背，开汽车……

短短几个小时前，叛军将领盖伊波·德·亚诺在电台发誓说他的人很快将抵达小镇去行使初夜权。

大家以为战争中最惨烈的场面莫过于首先映入眼帘的内脏翻露出来的尸首，以及一汪汪的鲜血。然而有时恐怖是更深一层的，比如刚遭强奸的一名妇女失魂落魄的眼神，她独自垂着头一瘸一拐地在废墟里走远。姬达和卡帕对此还所知甚少。他们太年轻了。那是最初的冲击。他们仍觉得战争有浪漫的一面。

同样为Vu杂志和联合图片社供稿的德国记者汉斯·纳姆斯和乔治·瑞斯奈尔以及瑞士记者弗兰茨·鲍尔科纳乌在黎明第一时间拍下了自穆里亚诺山逃过来的惊恐万状的难民群，彼时在被法西斯分子的飞机笼罩的天空下，盖伊波·德·亚诺在广播中继续对妇女进行威胁。如果有什么令卡帕厌烦的话，那就是当他到达那些地方时，它们俨然已经变得面目全非。然而就战争来说，从来都没有之前或之后的区分。

他们把车留在镇上，继续按地图指示沿公路前行，走向人们告诉他们的全国劳工联盟民兵营地。沿途他们拍下了落在最后的几个村民：沉静无语的脸庞，妇女怀抱着孩子，眼圈发红的老人总是回头张望。罗得的妻子[①]在变作盐柱之前的目光。逃亡者。

卡帕观察着默然走在公路另一侧的姬达。她没有朝后看。相机挂在胸前，短发搭在前额，由于太阳炙烤，颜色特别黄，灰色衬衫，瘦伶伶的双腿裹在帆布裤子里，而裤腿塞在军靴里，踩得路上的沙砾咯吱咯吱响。姬达的背影那么娇弱灵巧，仿佛一个娃娃兵。卡帕看到她在排水沟的一侧，像个追赶猎物的猎人那样谨慎地巡视左右，进行估算，脑子里筹划着照片。随着他们靠前线越来越近，她也加快了脚步，仿佛赶着赴一次约会。他也估算着，按时间姬达的月事自最后一次算晚了一周。

自他们迫降巴塞罗那那次以后，她显得愈加沉默，封闭在自我世界里，好像发生了什么或是突然间明白了有些地方拥有这种改变

---

① 出自《圣经》故事。所多玛城被毁灭时，罗得携妻外逃，神告诉他们不要回头看，罗得的妻子不听，回头一看，结果变成盐柱。

人们内心世界的奇迹般的特征。她常常读与西班牙历史、地理、习俗等等相关的一切。她在发现这个国家的同时窥见自我。卡帕觉察到她自我教育的过程，看着她一天天改变，俏皮的下巴，突出的颧骨，目光比采摘季光线下的葡萄更为澄澈宁静，护卫着某些内心的东西。他担心她目光深处那些细微的变化与他无关。他相信女人变化的能力远超过男人，而这正是他内心最畏惧的，那些转变可能以与他拉开距离而终结。她已经不需要他了，也不像起初那样寻求他的建议。甚至连她拍的照片也渐渐摆脱了他的束缚，有了自己的格调。她总是忙个不停，突破界限，拍摄一个牙颌骨的侧面，一处悬崖峭壁的竖断面……她越来越自主，愈发自如地掌控自己的行动。卡帕就是在那时候确凿无疑地懂得了一种现实，要是没有她，自己没法活下去。

午时他们抵达了拉马拉盖纳山顶。全国劳工联盟的将士们已经计划过几天从距离科尔多瓦以南大约十三公里处发起进攻。不过，他们几近无组织状态。没有自上而下传达命令的架构。士兵像是刚招募来的勇武新兵，而不像是训练有素的军队。在轻松的氛围中，一小队来自阿尔科伊的士兵与战地记者如亲兄弟那样相处，打成一片，他们玩牌，起劲畅饮。

“小伙子，战争中最不堪忍受的就是等待的烦恼。”一名资深记者看到卡帕脸上的沮丧，对他说。是《声音日报》的海外记者克莱门特·西莫拉，两人在奇科特酒吧相识，但是他现在没有把收音机耳机挂在耳朵上。

不过他们不需要等待很久。战斗再次打响就在几分钟后。是首个如此近距离的小规模战斗。由数名记者和五十个民兵集结成的小组待在阿尔科伊军团前线队伍的后侧，使命是守护穆尔西亚炮兵团。卡帕坚决不让姬达待在小山上。

“太危险了。”卡帕这么说要以此给此事一个了断。

“你现在别跟我来这个。”她答道，感到受了侮辱。“咱们说过好多次了。”

为了从裤兜里找出打火机，她站起身来。她的双唇靠近一根不带过滤嘴的香烟。卡帕继续以同样强硬的方式注视着姬达，说什么也不让步。

“谈都别谈。”

“你以为你是谁啊？我老爹吗？还是我兄弟或我奶妈或者别的什么人？”她直直地盯视他，作挑衅状，双眼炭火般闪亮。

“我不希望你出什么事，”卡帕以一种和解的口吻说道，接着他斜咧着嘴笑了，既诙谐又热情地补充说：“并非我看得太重，只是我要是没了经纪人的话，会挺麻烦的。”

“那你就得习惯。”

听起来好似威胁。卡帕移开目光。她应答快速，不让任何人利用。卡帕默不作声地盯视了她一分半钟。她坚决且果断，意含挑衅，没有人能搅乱她的正常生活。

“好吧。”他说，“你随便吧。”他爱那个瘦瘦的、偏执自私得让人受不了的犹太女人。他爱她深入骨髓。

他们跟在部队后面，爬到上面赭色的土地上，遍地都是石头和在最近的激战中被轻型榴弹炮击中的树枝残块。卡帕走在前头，走一段就停下来看看她能不能在坑洼不平的地面上迈步。他伸手要帮她踩上一块岩石，但她拒不接受他的帮助。

“我自己能行。”姬达说道，带着她个性中特有的冲劲。

他也斜着眼瞧，一言不发地攀到山丘最陡处。姬达既没抱怨一句，也没作任何评论，悄然地将目光投注在帧帧照片间。

“你要仔细照着我的动作做。别离我太远。观察好地面。总要找到保护你的某个坡面。必须分阶段地跳跃前进。”卡帕仿佛自说自话，给姬达做指示却不朝她看，语气粗暴生硬，脾气糟糕。“碰着附近有飞机，你千万别举起相机对准太阳。该死！”

“穆里亚诺山，一九三六年九月五日。两个年轻人……差不多还是孩子，”克莱门特·西莫拉在当天的报道中写道，未通知卡帕和姬达便把两人变成了他文章的主角，“他们各自手持照相机，一架莱卡，一架禄来福来。他们监视着在他们头顶上下垂直盘旋的一架飞机。他和她，眼下陪着我的两位年轻人，在重重硝烟中获取的影像。他们匍匐行至子弹射击最密集的地方……读者请相信我，这类记者的无畏并非神话。是寻找资料的高尚年轻人的英勇。他们是我们中的一分子。来自左岸……”

午后一点到三点之间进攻暂停。他们利用这段时间在驻地恢复体力。他们坐在一起。卡帕的目光没有一刻从姬达身上离开。她灰色衬衫下隆起的胸部令他猛然感到腹股间有种剧烈的压迫。这种情形愈来愈频繁地出现。仿佛冒险把他的生理反应激发到最旺盛的状态，他待在山坡后安然无恙时也出现同样的状况，想要紧紧地拥抱她，因为他可能说不定哪天就会死去，就像《人道报》的那名法国记者马里奥·艾利埃特一样，他们离开塞尼纳之后没几天他便倒在了阿拉贡前线。也或许死去的会是她，那么他将难以承受并因绝望、悲痛和负罪感而死去；要是在时间允许之际不给她一记重重的耳光，他定不会原谅自己。他心里揣着这些，一整天都想这样做。噼，啪，一记干净利索的耳光。别无其他。只是为了让她通情达理。因为拍摄战争的大后方是一回事，在那个范围他从未给她出过难题。可火线最前沿则完全是另一码事，躺在旷野中，趴在地上匍匐前行，穿越枪林弹雨，裹着泥的子弹就擦着耳朵飞过，很费力地尽量到达下一面石头墙，试图看看另一侧。然而在一边的她满脸不高兴，前额被刮得左一道口子右一道口子，脏兮兮的裤子全是泥，比任何时候都更为不同，她充满理智，眉宇间像克尔凯郭尔那样出现一道皱纹；而他唯一所想做的就是亲吻她直到她脸上那道冷硬的线条消失殆尽。他不能自已。在她面前他的怨恨连一小会儿也维持不了。他想把她紧紧地揽在怀中，直到忘掉曾说出口的以及可能说出来的所有不敬之词，毕竟在战争即将来临之际，对他唯一重要的只是那种肌肤相触的需要。炽热。压力。甜蜜。祥和。然而她在意的似乎仅仅是她的食物。大麻叶制作的饼干和新鲜奶酪。她用一块面包把小刀擦干净，接着把刀收到兜里，一言未发。地平线上一片铅灰色。

下午，他们各干各的。卡帕决定留下和阿尔科伊的民兵一起待在靠近山丘的战壕中，他琢磨着或许在那儿会有更多机会拍到他找寻的战斗的照片。姬达想看看共和国部队的先遣团是否会宣布抗击驻扎在科尔多瓦的瓦莱拉元帅的部队，于是就跟其他记者前行了几公里。在外国记者中有一名十九岁的加拿大男孩泰德·阿兰，他和姬达成了好朋友。这个羞涩、长腿、有着一双澄澈眸子的男孩，有一点点像《三个孟加拉长矛手》中的加里·库柏[①]。

① 加里·库柏（1901—1961），美国演员。

正是他最先听到了拉马拉盖纳山上遥遥传来的机枪扫射声。嗒，嗒，嗒，嗒……紧接着是一阵沉寂。接着传来一阵更短暂的扫射声，嗒，嗒，嗒，嗒……然后又静下来。他们在山谷中，传来的声音在周围的山丘中扩散开去。

“是布雷达自动步枪，意大利的，”他说。“好像交火了。”

他尽管年轻，但在军队服役时当过工兵，很清楚自己在说什么。根据回声所持续的时间，他能捕捉到射击点在多少公里之外。她下意识地看了看表。下午五点钟。所有人都担心敌军从共和军防线的后侧渗入，并从后侧和前方朝他们射击，形成夹子状钳制住共和军。阿尔科伊民兵的装备不过是毛瑟枪和轻型机关枪而已。

姬达感觉到胃部一阵刺痛。一切都在体内凝固了，仿佛血液循环和心脏跳动都暂停下来。这种生理感受出现在作出推断之前，甚至早于在脑子里向自己的神灵求助：赛义德，天主，耶和华，神……一种反射状态，不受意志力的影响，跟面对攻击会用双臂保护自己一样。她安静下来，看看一边又瞧瞧另一边，却不知道该干什么。苍白。头晕目眩。嘴巴干干的，双手冰凉。她最先的冲动是朝山丘方向跑。可那个男孩牢牢扣住她的双肩。

“安静，”他对姬达说。“我们不能横穿田野。要回去，我们必须等到天黑并且绕过村子。”

姬达朝一块岩石迈了几步。她感觉不舒服。胃部像是打了一个很紧的结。她双臂撑着石头，吃下去的食物都吐出来了。

渐渐地，连续射击声的间隔越拉越长。等待。战斗之后战场的寂静。黑漆漆的天空。黑沉沉的山脉轮廓。她后背贴紧地面，和小时候一样，仰卧在草丛中望见第一颗星星，心情平静下来。周围的一切如一幅不真实的绘画，无比静谧。那个小伙子依旧在她身边，默不作声。像一名沉默的守护天使。

沉沉夜色中他们回到了营地，离着二百米的距离姬达已经听出了卡帕的声音，尽管嗓音如同熄灭的火山那般干涩，没法听清楚他说什么。听起来像是在跟什么人争吵。

“你不是想要张照片吗？你那张操蛋照片到手了。”当姬达、泰德和其他人到达开阔地时，纵队长官正在教训卡帕，愤怒多于蔑视。军官高大魁梧，臂膀粗壮，由于恶劣的气候皮肤发黑。他故意死盯着卡帕看，像是想把他的特征刻在记忆中，或正在努力控制住自己以防一拳打到卡帕脸上。

卡帕躲躲闪闪地观察着长官，带着一种明显暴露出的慌乱神情摩挲着喉头，如同没听到铃声的拳击手被击倒在地，几乎没有充足的体力从容面对。毫无疑问他喝过酒。他差不多站不稳，那种姬达从未见过的怪异目光，既萎靡沮丧又阴郁，似乎越过了一道不可能折返的边界。他的衬衫没系扣子，散在裤子外面，头发乱蓬蓬的。即使卡帕父亲去世时姬达也未曾见过他这副模样。

“究竟出了什么事？”姬达想知道。

“你问他吧。”长官答道。

第十六章

一个民兵跑下覆盖着庄稼茬的山坡。白衬衣的袖子挽到了胳膊肘上，士兵帽的帽檐顺在脑后，手里握着一把步枪，斜挎着三个阿尔科伊皮制子弹带。下午五点的太阳把他的影子拉长映照在后方。一只脚轻轻地从地面抬起。挺起胸部。双臂伸直成十字状。钉在十字架上的基督。咔嚓。

再晚些时候在巴黎一间暗室幽暗的红光中，那个男人的脸庞从桶底渐渐显现出来。浓密的眉毛，耳朵硕大，前额突出，下巴前撅。一个无名的民兵。

这张照片刊登在Vu杂志关于西班牙内战的九月特刊上。转年，又刊登在《致意》、《巴黎晚报》和《生活》杂志的一期特刊上，照片注脚里写明罗伯特·卡帕如何精准地捕捉到子弹射穿一名西班牙士兵头颅，令他中弹倒在科尔多瓦前线的瞬间。这幅完美的画面震撼了全世界。数百名读者给报社寄来了感人肺腑的信件。欧洲和北美的中产家庭从未曾领略过类似的影像。

《一名士兵之死》涵盖了戈雅画中枪决画面的所有戏剧特点，后来在毕加索的《格尔尼卡》中所呈现出的全部暴怒，一切从内心拴住人类灵魂，迫使其知晓为何而战的神秘。危险，忧郁，无尽的孤独，破碎的梦想，在西班牙一处荒山野岭死去的那一刹那。和所有的象征一样，其力量不仅仅在于形象，而且是其所代表的事物。

面对这种残忍惨相谁能够袖手旁观呢？如何能闭上双眼穿着干

净的靴子从死人堆穿过？怎能不参与其中呢？有些照片不是用做回忆而是供人理解的。变作一个时代象征的影像，尽管拍摄之时没有人知晓这一点。一个家伙躺在一个战壕的坡面上，听见一阵机关枪扫射声，什么都没看却举起了照相机。其余的事是个奇迹。“获奖的图片诞生自出版人的想象，并从注视图片的公众目光中获取了浮名，”差不多十年后卡帕对着纽约WNBC电台的话筒承认，而彼时她已在太空黢黑的岸边，从她所在星宿的阳台探出头来，相隔百万光年聆听他的话。

“有一次我也拍到了一张比其他任何照片都更有价值的照片。当然，拍它的时候，我并不知道它不同凡响。那是在西班牙。我初涉摄影行当。内战刚刚开始……”

人们总愿意相信关于战争本质的某些事物。自特洛伊战争起就如此。英雄主义与悲剧，残酷与惧怕，勇猛和失败。所有的摄影师都憎恨那些一生中鬼魂般与其如影随形的包含着神秘和与场景相逆的影像。艾迪·亚当斯①始终被一九六八年拍下的瞬间所困扰，西贡警察总长恰恰就在那一刻用手枪击穿了一名双手被反绑在背后的越共②俘虏的太阳穴。就在被害者身体开始倒下前的一秒钟，因巨大的冲击，他的面部神情不由自主地缩紧。美联社记者黄功吾③永远都不会忘记一个被凝固汽油弹烧伤的九岁越南小女孩，沿着壮庞村附近的一条公路赤身裸体地飞奔。一九九四年凯文·卡特④在非

① 艾迪·亚当斯（1933—2004），美国摄影师。

② 越南南方民族解放阵线，西方及当时的南越将之称为“越共”，是越南战争期间，越南民主共和国（北越）在1960年12月20日成立的组织。

③ 黄功吾，出身越南，美联社记者。

④ 凯文·卡特（1960—1994），生于南非约翰内斯堡，摄影师。

洲拍摄了一个在旷野中，被一只秃鹫暗中窥视着的因饥饿濒死的小女孩，距离联合国的食品分发中心不到一公里。他因该照片获得了普利策奖，却于次月自杀。罗伯特·卡帕永远都超越不了《一名士兵之死》，那是有史以来最优秀的战争影像。而那张照片使他灵魂破碎。

姬达蜷着半边身子，左侧脸挨着帆布毯子，左臂弯曲放在头后作枕头，脸冲着卡帕，眼睛睁着，紧紧盯着他。

“你猜几点……”

这是要打破僵局的一招，跟其他任何招数一样。

“我不知道……还是昨天吗？”她见他一只手掠过头顶，神情恍惚，似乎酒精的潮水还没有从他脑海退去，或者他是在说梦话。

她推了推他的肩膀，睁大眼睛看着他那乌黑的头发在黑暗的帐篷中闪烁出的火花。

“安德烈……”她特别低声地说。

这么叫他让他吃了一惊。她很长时间都不这么称呼他了。那么热辣的语调撩拨了他内心的某种东西。他出乎意料地变得脆弱，就像小时候坐在家里的楼梯上，抚摩猫的背脊直到屋里的叫声渐渐平息，然后踮着脚尖提心吊胆地回到自己的房间。

“怎么？……”

“发生了什么事？”

“我不想说它。”

“你最好现在说出来，安德烈。埋在心里头不好。你请求那些人发动进攻了吗？”

“没有。我们只是在做傻事，就这样。或许我抱怨一切都过于无声无息了，没什么有意思的东西值得拍。于是有几个小伙子开始沿着山坡跑下来，我也跟着他们跑。我们在山丘上上上下下好几次。都挺开心的。我们哈哈笑。他们朝天上射击。我拍了几张。”卡帕非常安静，嘴部的动作使他显得抽搐。“……那张婊子照片。”

“究竟发生了什么事？”

为了让暂歇来得自然些，他的沉默持续了许久。

“所发生的就是突然间一切成真了。对面山坡上有一架佛朗哥军队的机关枪。可能我们的声音引起了他们的注意。我没有听到射击声……最初我没听到……”卡帕的双眼牢牢地盯视着姬达，饱含着诚实与率真，但同时也在自我辩护。

她没见过那种目光，令她有点害怕，或者说得确切些，反感。她不知道怎么理解。姬达将视线挪开。

“够了。你要是不想说就别说。”她猛然间想起点什么连她也宁愿忘记的事情。“你不必跟我讲那事了，真的。别说了。”

“你问了我。现在你必须听下去。”卡帕的语气中既没有指责，也没被激怒，不过并没有善意。

“你当时在哪儿呢？”

“稍稍靠前一点，在那座被称作瘸腿女的山丘一侧。第二次射击持续的时间更短暂。一个小伙子出来掩护其他人撤退，机关枪就开火了。我把照相机举过头顶按动快门。”有几秒钟他陷入沉默，仿佛正努力把一种无法具体化的思想揉成碎片。“给人们拍照是以某种方式迫使其面对他们所不具备的事物。把他们从路上，他们的计划里，正常的路线中拉扯出来。有时候也强迫他们去死。”

“这不是任何人的错，安德烈。事情发生了。就是这样，”姬达说。仅仅说了这些，她就因其中的巧合而无法动弹。当发生了湖边的事情时，乔治在莱比锡所说的恰恰是同样的话。低沉的嗓音说出一模一样的话。约翰·里德的那本书在帆布桌布上，插着郁金香的大肚花瓶和那把手枪。她从未与任何人谈起此事。

“我机械地那么做了，不假思索，”他继续说。“当我看到他在地上时，我以为他没有死。我觉得他在装死。是个游戏。突然一片静默。所有人都看着我。两个民兵使出浑身解数把他拖到战壕，当其中一个回头去拿步枪时，也被射中了。我就是在那一刻才明白发生了什么。法西斯分子把那个掩护他人撤退的士兵射得千疮百孔。是我害死了他。”

“不是你，安德烈，”她安慰他说，虽然心里面和卡帕一样清楚，如若没有他的相机在，那事就不会发生。

“实际上我都不知道他是谁。我清楚地记得机关枪噼啪作响的声音，”他说着，手抵前额。“我连他的真名都不知道，他带着弟弟从阿尔科伊一道来，他弟弟跟康奈尔同龄。我机械地按动相机快门，而他仰面朝后倒了下去，和被武器射中，击到头部一样。原因和后果。”

“这是战争，安德烈。”

卡帕翻身冲墙。姬达没法看到他的脸，只能看到裸露的后背和双臂。他仿佛想摆出这种姿势在他们之间竖立一个壁垒。眼下他处在她无法到达的断桥的另一侧。他不是一动不动，也没睡着。他的后背无声地抖动着。黑夜笼罩住他身躯的震颤。哭泣比其他行为耗费更多能量。对姬达而言有些事情也最好不去想。天还没亮。他身体的轮廓呈现在暗色帆布毯子下面。起初姬达对是否把手搁到他肩膀上犹豫不决，但最终没有搁。有些时候男人需要独自勇敢起来。

她待在帐篷另一边，接下来的后半夜一直都看着他的背影，不过没有碰他。当他被噩梦惊醒，她便抚慰他直到他渐渐平静下来，而她睁着双眼在他身边直到黎明，她也想到自个儿，想到那种渗入骨髓的孤独有时如同一种无法治愈的疾病，想到那些使生活破碎却没有可能挽回的事情。他们没再重新谈起那张照片。此后她再没叫过他安德烈。

第十七章

隔天早上他们启程返回马德里。姬达打开小窗子。她一路上听到轮胎压过干燥的地面劈啪作响。她喜欢风拂过脸庞的感觉，使她暂时忘记了沐浴的需要。

由于路上坑坑洼洼造成持续不断的颠簸，他们天亮到托莱多时腰酸背痛。九月十八日，橄榄园恍若笼罩着一层白亮的光，能看到远处阿尔卡萨尔城堡的轮廓，犹如胡乱垒起来的一堆巨大岩石。在离城不到一公里的公路边的货摊旁，他们停下来吃早饭、喝咖啡还吃了浇了橄榄油的烤面包。他们趁这工夫舒展腿脚，抽根烟。卡帕不怎么开口。他摸着数天未刮胡须的粗硬下巴，脸孔皱起来，皱眉思考，而且只有那个时候才会说点什么，仿佛他强迫自己放弃自己的想法。她的气色也不好。月事来了并且感到胃痉挛，在腹股沟的位置有种灼烧般的刺痛。好几天的风尘让衬衫板结起来，头发散乱，皮肤干涩。她全神贯注地准备着相机，把镜片一个个卸下来逐一清洁，黎明的亮光下青紫的眼袋愈发明显。

下午来了一大队人马：摄影师，记者，新闻纪录片摄制人员和政府官员。所有人都在附近的一个橄榄园等着阿尔卡萨尔城堡的西墙被炸塌。六点半时耳际传来震耳欲聋的爆炸声。五吨甘油炸药。黑色的烟雾遮住了太阳，如同日食出现。没过几分钟后城堡开始坍塌，如同一座进入喷发期的火山，但是抵御者们在另一侧集结，抵抗冲击。妇女和孩子聚集在岩石裸露出来的一面墙下，其中有一名初生的婴儿，雷斯蒂图托·巴莱罗，一位民族阵线中尉的儿子——诞生于阿尔卡萨尔城堡的孩子。许多年之后，经历了战乱、俘虏和死亡，那个孩子已经成为国际纵队伞兵队的一名年轻的上尉参谋，他和其他九名携带武器的同伴为捍卫民主不顾生死和仕途，与那位曾把襁褓中的他从阿尔卡萨尔城堡救出来的佛朗哥元帅对峙。不合逻辑的事有很多交织点，有时某些相交棱借助新生的命脉呈现生机。但那时并非如此，那一刻婴儿的啼哭在爆炸声中响彻，震撼了民兵的心，他们本已准备好无论以任何方式都要拿下堡垒。每次当民兵们从墙垛的瓦砾间探出头来，即刻便被叛乱分子击退。姬达和卡帕看着他们登上陡直的山丘，几乎立即就被射来的子弹击倒。那些伤者被担架抬下来送到橄榄园，血流如注。他们被搁在那儿，仰卧着。姬达跪在战壕里的排水沟中拍照。死者是个金黄头发的小伙子，俊雅，前额有颗痣。她想，毫无疑问定有人在某个地方等着他，一个女人，也许还有几个孩子，几个像他一样漂亮、金黄头发、唤他爸爸的孩子，西班牙人成家早。家人根本不知道他已变成在银色橄榄树下一具没有生命的尸体，不知道他躺在托莱多和马德里之间的旧公路上，那里不通向任何地方。

她小心翼翼地把系在他脖子上的围巾解下来，轰走那些在他脸上盘旋的苍蝇。

她不喜欢拍静止的东西，那令她反感。不过面对死者通过取景器看要比直接观望更妥帖。更容易承受。她弯着身体时，感到草儿弄痒了脚踝。“没有什么会比死者更孤独，”她边想边估测着拍照时田野的景深。的确如此。她记起《约伯记》：……这就是他道中之乐，以后必有人从地而生。她犹豫着是否触碰他，是不是该合上他的眼睛。但没有做。

又过了几天，佛朗哥的军队开进了托莱多并收复了阿尔卡萨尔，为法西斯分子通往马德里铺平了道路。共和国战士的士气一落到底。

彼时姬达和卡帕已编进由台尔曼百人团的德国和波兰共产党人组成的国际纵队12旅，在阿拉贡前线的莱塞尼纳时他们就曾在一起。这个旅由作家马岱·萨尔卡领导，他是个匈牙利人，相貌英俊穿件皮衣，是个伟大的战略家，坚韧不拔，性格直率幽默。他作为鲁卡萨元帅的名号更为人熟知。营队必须赶到曼萨纳雷斯河与前往马德里的其他团队会合，赶在佛朗哥首次进攻首都之前。

出乎意料的是他们在那儿遇到了奇姆。三个人本来同时离开巴黎，不过波兰人没有固定目的地。他喜欢独自工作。当他看到他们俩从公路的尽头远远地出现时，正坐在一块石头上，带着犹太教法典研究专家的那种专注表情检查装备，他用食指把镜架往上推了推，仿佛需要调整视线。他也没想到会遇见他们。

有些拥抱无需言语。在背后深深的拍一掌就包含了所有事情，用不着说什么。率性的人之间的一种亲密，迅疾的接触。卡帕和奇姆之间的拥抱就属于这类。而姬达搂着她朋友的脖子，不停地呼喊朋友的名字，亲吻他的额头，眼睛。他被弄得有点害羞，便打趣道过于热情有点搅扰他。

“别了，别，别，行了……”他说着，带着犹太隐士般的胆怯脱开身，但他内心感到幸福。

这是那种有时在战争期间呈现的极端高潮时刻。两个男人，一个女人走在林间小路上，肩上挎着相机，黄昏时分的光线，香烟…… 那时每个人的生命旅程已经开始倒计时，大概他们三人以某种方式都已明白。

有些形象在记忆中停滞，等待着时间将其置放在它的位置，尽管没有人事先知道，却总存在一丁点儿预感，一个预兆，某种不太确定的东西，但就在那儿。那一定是很久以后，面对一名埃及法西斯枪手，大卫·赛伊莫尔——朋友叫他奇姆——记忆中最后的影像。一九五六年十一月十日他由另一位法国摄影师陪同到达一处边境，要就苏伊士运河的俘虏交换作个报道，当时和平协议的谈判业已启动。死亡总是一桩悲惨的事实，倘若发生在战争结束之时就更难以理解。猛然间步枪一阵齐射，一切都在身边倒下，他注视着地面，口吐鲜血。但是在完全闭合双眼之前的十分之一秒，他朝记忆的那幅黑白画面回望：卡帕、姬达和他，三个特别年少的青年人欢笑着，一同沿着一条小径往回走。

没有人能选择自己的记忆，而奇姆也无法知晓那次相遇会成为自己最后的记忆。在一块无人之地中，12旅在杂草中艰难地打开通道。狂轰滥炸撼动了树木。

短距离交战的唯一好处是面对轻型武器的进攻，任何抽象的痛苦全部会消失殆尽。克尔凯郭尔、尼采和叔本华将直接被收进口袋。哲学被搁置一旁，当务之急皆在于保全性命，到达一堵城墙，尽可能快地跑到头，一座教堂，已成废墟的一所房子…… 如果机枪扫射声再次响起，就在地上卧倒躲过头上的子弹，利用地势的高低起伏，一个坑，地上的一个洞，矿井的一处漏斗，一个水洼，如同水牛那样在泥潭中与淤泥为伍，淤泥钻进耳朵里，努力前进。是一种自相矛盾的感觉，却由于肾上腺素的大量释放让人怪异地上瘾，犹如肌肉被掏到身体外，在一根绳子上拉得紧绷绷的。把信念变作行动。激活酣睡的本能。仔细瞄准。一种类似于田径运动员可能感觉到的眩晕。反射。力量。集中精力。尽管荷马吟咏的战争中的那些人物做梦也未曾想过成为《伊利亚特》的主角，如同特洛伊的战士那样，所有的战地记者在某些时候都曾有过如此体验。并不是他们喜欢那种感受，而是从未感觉到那般充满生机。阿喀琉斯综合征[①]。姬达、卡帕和奇姆开始经历时并不特别清楚发生了什么。那是他们最初的战斗。

路上尽是瓦砾，战壕的排水沟里有一头被开了膛的公驴，奇姆快速走了几步，并在脑子里想好了照片。鲁卡萨说着话，手不停地比划，他身旁的卡帕肩上挎着照相机，争吵着，一脸不高兴。姬达在后面两步，抽着烟，低声笑着。咔嚓。

面对危险，他们的态度一样，是面对一种挑战。某种难以诠释的东西，要明白或许必须拥有二十岁的勇气和热情，上前线之前灌下一整瓶葡萄酒，吞下一碗米饭的架势，在随便什么角落相爱的愿望，带着疯狂与诚挚，充满想法。拥抱生活。或者是与某种生活之道有关。

他们确信西班牙担负着欧洲的未来，他们全心投入，投奔过来，将职业的差异弃置一旁，凭着手边最近的武器，每个人尽力搏杀，日益陷入其中。一半是记者，一半是战士。一只手拿相机，另一只手里是手枪。

除了更愿意用西班牙语说的那些脏话外，整天用匈牙利语和鲁

① 阿喀琉斯是《伊利亚特》中的主角。阿喀琉斯综合征指现代人外在表现出能力，内心却不相信自己能胜任。

卡萨对话让卡帕感到随心所欲。而姬达并不多说话。她喜欢倾听。她总是听得很专注，头微倾，带着赞同的神情，不丢弃细节，带着不容轻慢的目光，划出与男人共处的必要距离。奇姆具有犹太人的严谨和素养，或许对于那种生活中他太软弱了，然而他没有丝毫献媚之情，如同一名老水手那样谨小慎微，忠心耿耿。

三个人从元帅那儿学到了很多。知道炮弹的口径，能辨别射进与射出的子弹，进入危险区域之前就做好撤退准备，在雾霭中摸黑前行，在齐腰的水中如鬼魂般行动，前行时注意水面的波纹，双手高举，托起相机或步枪，竖起耳朵聆听识别方向以防误闯地区。可是当他们最终到了那条河的分界线时，发现的却是空荡荡的战壕。没有一个自己人在那儿等待他们。他们孤军一支。

远方的马德里是一只任凭猎犬群摆布的白兔。

第十八章

钉在十字架上的首都。[①]《致意》杂志在封面上通告刊登卡帕的摄影报道。姬达往肩头搭了件厚厚的夹克，坐到公寓沙发上的露丝身边，一如旧日时光，她俩单独相处。窗外铅灰色的天空笼罩着一层薄雾，有时给巴黎的屋顶蒙上忧伤的假象。她的女友就像一块磁石，战争之后回来的人或早或迟都会回到她那儿去。卡帕，奇姆，她……露丝·瑟尔弗专注聆听每个人说话， 只有那些母性情怀特别强烈的人才会如此专注，她目不转睛，表情善解人意，那种呵护天性就像从前的女人在冰冷的清晨给孩子们扣好大衣，系紧围巾。打开的杂志放在一张摩尔式的小桌子上，画面是一名空军轰炸兵，在放着两杯茶和一小碟布列塔尼饼干的托盘旁边。姬达注视着瓦耶卡斯工人区那些妇女的脸孔，那是在她们回家后没几分钟被拍下来的，她们发现了正在燃烧的家园和被埋葬在瓦砾下的邻居。一条笔直的街道，两侧的树木枯槁，每两个民兵共用一条步枪，等待合适的机会射向敌人。一位逃难的年轻母亲带着三个年幼的孩子在一个地铁站台上。公路另一侧灰蒙蒙的田野和牲畜圈在燃烧。几名国际纵队的队员排成一列，背着背包耷拉着脑袋一步一步朝前走，注视着接连在潮湿的土地上留下的足迹，像战前的游击队员一样全神贯注。第一张照片是一名几乎还是少女模样的女民兵，猫着腰，握着一杆毛瑟枪从医学院的街垒处瞄准。姬达一张接一张地翻看照片，

① 原文此句为大写。

思绪回到了马德里，她返回后无时无刻不沉浸在那口记忆之井中。自从体会了那种紧张节奏之后，巴黎的生活让她感到单调得难以忍受。

她抿了一小口茶，思念如茶水般烫伤了她的双唇。她想念那儿。她想起回来之前，九月最后几天的格兰大道，没日没夜射来的榴弹炮雨，旋转着穿透天空的探照灯光，交织在建筑物的墙面上：奥地利区的马德里屋顶；西班牙电信公司大楼，政府的新闻办公室设在那儿，有许多次当流弹从头顶飞过，她不得不弯着身子把一些通讯稿通过长途电话传送出去；阿尔卡拉大街；艺术协会高高的宽大窗子。蓝色的灯光交叉映在旅店房间的天花板上，像是几何游戏。此刻她沉浸在回忆之中。

"我们得下楼进防空洞，"听到发动机的嗡嗡声越来越密集时她说，随之而来是防空袭炮火的干涩轰隆声，法西斯分子在那一天对马德里进行了第二次致命进攻。

他们在佛罗里达饭店。他们刚刚从城西的乡村之家回来，共和派在那边挖战壕，用床垫、木板甚至从北站的小件行李寄存处拿到的行李堆成街垒。他们拍到了不少好照片。卡帕对着灯光检查着材料，眼睛贴在织物密度分析镜的放大镜上，在底片上用十字把最好的照片标记出来。姬达从门缝观察着他，感到一种难以抑制的柔情。他看上去好像一个小孩很专注地摆弄着自己心爱的玩具，同时也是一个成熟的富有责任心的成年男人，承诺完成一项艰苦卓绝的神秘且不容犯错的任务，为此，甚至会搭上性命。

当他转过身时，她出其不意地吻了他；而他张开双臂保持了几秒，惊诧多于犹豫，然后温柔地把她推上床，同时解开皮带扣，她则感到肚皮上他的硬起来的小弟弟的挤压。她两腿分开，抱住他插进去，一面亲吻他的脖子和没刮胡子的粗硬的下巴，那胡须带着刺鼻的男性汗液味道。

“咱们必须下楼了，”当屋外警笛呼啸，她再次含糊不清地说，但缺乏说服力；他坚定严肃地插入，目光一刻都不离开她，仿佛想要把那一刻的她永远地固定在他记忆的暗室中，他眉头微皱，嘴巴贪婪地半张半合着，头微微左右晃动，像要起步快跑那样，此时他牢牢抓紧她的胯部，缓慢地插入深处，钻进她身体之后再缓缓地悠长地掏空她；直至他自己也呻吟起来，脑袋突然落在她肩头。探照灯的蓝光在天花板上旋转。她曾教过他要大声表达自己的感受。她喜欢听到他用那种近乎动物般的喘息表达快感，而出于亲密或羞耻或男人的胆怯，他反对这样做。他从未像那天一样在高潮来临时以那种方式叫喊，耳边伴着从近处掠过的飞机发出的震耳欲聋的噪音以及在街道另一侧回荡着的防空警报。在天花板上盘旋的半明半暗的蓝色光影下，他们默不作声地躺了一会儿，姬达抚摩着他的后背时，马德里正在为他的伤口喘息；他用俊美的吉卜赛人的双眸从彼岸默默地注视她。

她把茶杯放到托盘中时依旧带着那种做梦似的眼神。

“我要回西班牙，”她对露丝说。

卡帕从十一月起就回马德里了。由于他出色的报道，特别是《一名士兵之死》的发表，他得到了一份新的工作委托。所有的法国出版人都早已发现那个著名的罗伯特·卡帕不是别人正是匈牙利人安德烈·弗里德曼，不过他的摄影水平提高了不少，而且甘冒很大风险拍摄它们，于是出版人也接受了游戏。他们愿意按他的价钱付稿酬。战争之名把那个衣衫褴褛、有点单纯、在布达佩斯一个工人区长大的男孩完全吞噬了。现在他是卡帕，罗伯特，鲍比，鲍勃……他已不需要任何面具，新闻界如是接受了他，而他则扮演自己的角色，令人信服且忠于角色。他前所未有地相信自己和自己的工作。他以为自己的照片可以赢取西方强国对共和国政府的支持，他曾放弃媒体工作者力求公正的立场，固执地参与到最终撕碎了他生活的那场战争。

他在给姬达的信中讲述了马德里人面对坦克拿生命冒险，由于缺少火柴，他们用烟头点燃甘油炸药和汽油瓶掷向坦克。他们用破旧的毛瑟枪对付德国人现代机关枪的扫射。大卫对战歌利亚[①]。这座城市的沦陷似乎无可避免，但是马德里以神话色彩的勇敢抵抗进攻，报道见之于《致意》，Vu，《苏黎世画报》，《生活》，英国《画报周刊》和世界各大主要报刊，发行量有几十万份之多。西班牙战争成为每日新闻和图片的第一关注点。“一个没有形象的事业，不仅是一项被遗忘的事业，而且是输掉的事业，”他在十一月十八日给姬达的信中写道。希特勒和墨索里尼在同一天承认佛朗哥为国家首脑。

她为他感到骄傲，她当然为之骄傲。说到底，罗伯特·卡帕的出现是她的主意。然而，她在西班牙拍摄的许多不错的照片出版时并没有她的署名、而在他名下的事实令她心中不爽。或许她弄错了，或许到了在更公平的条件下重新安排职业关系的时候了。“卡帕与姬达”的签名听上去不错。

可战争是男人的地盘。女人不算数。

---

① 出自《圣经》中大卫战胜巨人歌利亚的典故。

“我不存在，我谁都不是，”姬达记得当他第一篇关于萨尔的报道出版时却没有他署名，他有一次在塞纳河畔对她说了这番话。她觉得打那之后过去了千年，而如今轮到她感到成了无名氏。她不存在。有时她对着浴室的镜子看自己，仔细且惊异地观察新长出的皱纹，仿佛害怕光阴、人生或是她自己会最终摧毁希望所剩的痕迹。一个处在死角里的女人。

“你好吗？”防空警报过后几个小时，伴着黎明破晓的光线，他在佛罗里达酒店的那个房间问她。她猛然坐起身。出着汗醒来，头发湿漉漉的，无力地贴在额头，心脏在胸中激烈跳动，如同一匹狂奔的马儿。

“是个噩梦，”当呼吸的节奏终于恢复如常，她最终说出来。

“操，姬达，你好像从摩尔人的山洞里出来。”她似乎突然间老了十岁，瘦削的脸庞，青紫的眼袋，眼神苍老。“我给你端杯水来吧？”

“好。”

她不知道从什么梦境的洞窟里出来，但肯定特别黑暗深邃。恢复过来很困难。卡帕给她杯子，但她连端杯子的气力都没有。她双手颤抖，仿佛突然失去了爱情的保护盾。他体贴地把杯子靠近她的嘴巴好让她能喝口水，可是水顺着她的下巴滴下来，弄湿了睡衣和床单靠头的那一侧。如果她学过的一切未曾铭刻在任何地方，生活的价值是什么呢？她重又躺下，但无法入睡，看着破晓的光线一点一点滴洒在卧室的天花板上，想到死亡一定与那场噩梦的黑色特别相近。那是一道挨近不存在的边界。

他发自前线的信，详述发生在乡村之家和大学城的肉搏战时，使她有种矛盾的情绪。一方面为他的生死担忧，而另一方面深深地妒忌他描绘的感受，她对之非常了解：贴着战壕的坡面仰卧着用阿拉米语[①]发誓打击那些婊子养的混蛋法西斯分子，榴弹炮轰炸后那种令人不寒而栗的静谧，迥异于任何一种沉默，那种接近土地的味道，那种只有在现场才能体会的真实感。然后，离前线不到二百米，在格兰大道的酒吧那种香醇的咖啡，盛在长长的杯子里，插着吸管，浮着乳脂。战役之后的甜点。她已受到战争病毒的伤害却不知晓。

她无休止地哼唱在西班牙学到的歌曲。马德里你抵抗得真棒/马德里你抵抗得真棒/马德里你抵抗得真棒……/ 我的妈咪，轰炸/轰炸…… 淋浴时、做饭时、在把头探出窗外时她都唱；而巴黎对她而言那么小，因为她唯一在乎的世界在比利牛斯山的另一侧。她终于找到一块她不想逃离的土地。他们自称为西班牙人。

露丝很了解她，她知道姬达不是那种像珀涅罗珀的女人，把记忆的壁毯编了又拆，安安静静地等待自己的男人回家[②]。她像一位母亲或姐姐那样，心甘情愿地听她说话，眉毛挑起，披着的头发用一根发夹拢成一团搭在前额的一侧，晨衣在胸前交叉相叠，只在必要时才打断她，说出姬达肯定听不进去的规劝。她看着姬达带着那种显然已没有其他打算的微笑抽着烟，知道她已做出决定。不管联合图片社聘不聘她，有没有委任书，她都要去西班牙。

她一向如此。会突然决定登上最早一班火车。要么这儿要么那

① 阿拉米语，古代西亚的通用语言。

② 珀涅罗珀，荷马史诗《奥德塞》中奥德修斯的忠实妻子，丈夫远征时，她一直守在宫里，拒绝了无数的求婚者，终于等到丈夫回来，因而成为忠贞爱情的象征。传说在奥德修斯回家前，她以白天织布晚上拆布的办法，拖延所有的求婚者。

儿。非白即黑。选择。

“不，露丝，”她回应女友刚刚高声进行的评述。“事实上，我从来不能选择。我没有选择在莱比锡发生的事，没有选择来巴黎，没有选择放弃我的家庭和我的兄弟，我没有选择恋爱。也没选择拍照片。我什么都没选择过。那些来的就来了，我尽力面对。”她站起来，把玩着一串琥珀珠子，从一只手传到另一只手。“别人给我编写了剧本。我感觉始终活在某人的阴影里，先是乔治，接着是卡帕……已到了我自己掌握人生的时刻了。我不愿成为任何人的财产。我可能不会成为他那么出色的摄影师，可我有自己做事的风格，当我对焦，估算距离并按动快门时，我清楚我正在呈现自己的眼光，世界上没有任何人，不管是他，奇姆，弗雷德·斯泰因，亨利，都将永不会拍摄我所看到的，我所拍摄的东西。”

“你的话似乎对他有点不满。”

姬达把手塞到裤兜里，耸耸肩，显得不自在。当她的名字没有出现在照片上时，她的确觉得遭到背叛。卡帕的成功早把她置于次要位置。但是描述出最后几周缠绕她的感受并非易事。当越是感到爱得更深，他们之间的距离却拉得越大。她开始需要某种距离，希望他能依照自己的判断给她留出来相应的空间。职业的独立是她守护爱情的方法。怎么能既爱恋同时又压制抗拒自己的所爱呢?

“我没有不满，”她说。“只是有点累了。”

尽管她断然否定自己的信仰，却无法不做犹太人。她理解世界的方式，有一条感知得到的脉络能追溯至她的祖先。她是在《旧约》的古老故事中成长起来的。亚伯拉罕，以撒，撒拉，雅各……她以同样的方式热爱家庭传统，定会憎恨无名无姓的死去。

第十九章

她从未见过咖啡馆那么拥挤。就是在巴黎也没有。要站着等好一会儿才能找到座位。经过的有铁条加固的有轨电车也挤得满满。自从共和国政府迁至瓦伦西亚，许多记者也和那些逃离马德里轰炸的民众一起被撤离。罗萨尔团的军人守护着那条一直通向孔特雷拉斯港的道路。那些人眼如点漆，乡下人的走路方式，手拿斧头，戴着色彩艳丽的头巾，手枪插在腰间。真正的无政府主义者。极难驯服的一类西班牙人。他们帮助抱孩子的妇女，将母子一同背在背上，但对于那些丢弃街垒的男人，他们则毫不留情。他们怒火冲天地看着那些人，如同斗牛以蔑视的目光鄙视温驯的绵羊。纯粹的愤怒。他们不原谅那些抛弃首都、任它自生自灭的逃跑者。他们强迫许多人退回去。然而面对那些饥饿和疾病交加、肩头背着包袱的孩子们，他们却绽露笑脸，天色已暗，从高处可以俯瞰城市点亮的灯光。

“高兴点，小乖乖，”他们说。“这里的米饭一定叫你吃个够。”

瓦伦西亚灯光密布，璀璨耀眼，绵延到海。梦境一般。

姬达刚到。她左看右瞧连一张空桌子也没找到。“理想”咖啡馆朝拉帕斯街敞开着巨大的窗子，是战地记者们偏爱的去处。那儿的叉形风扇下总是挤满了来自东西南北的记者、外交官、作家、间谍和国际纵队的战士，他们身穿皮衣，抽淡烟，哼唱世界各地的歌曲。

看到一名女人独自进来，桌边的人有阵骚动。她戴顶有花边的贝雷帽，腰间插着一把左轮手枪。

“姬达，你在这儿干吗？”她听到一个刚刚从咖啡馆里头站起身的高个子用德语问她。

是阿尔弗雷德·冈多罗维茨[1]，一个巴黎的老朋友。他们在库波勒的聚会上曾共享许多时光，他魁梧俊朗，戴一副知识分子的圆眼镜。他和瓦尔特·本杰明以及古斯塔夫·雷格莱[2]共同创立了德国流亡作家协会。姬达同奇姆、露丝和卡帕一起参加过协会的许多聚会，他们在会上朗诵诗篇还表演短剧。眼下冈多罗维茨是国际纵队13旅的政治委员。

姬达在阿尔弗雷德身边坐下并向其他国际纵队成员介绍自己是《今晚报》的特派记者。

“一个新出版物，”她谦恭地解释。

首期杂志还没进报刊亭，不过因其支持共产党，所以大家都听说过，负责人是路易斯·阿拉贡[3]。

国际氛围能在烟雾里体察出来：蓝色高卢烟，吉卜赛烟，理想牌烟，黑雪茄，圣杯牌，甚至还有骆驼牌和鸿运牌香烟。那个部落的构成图如同一条源头极其遥远的河流的分支。法国人，德国人，匈牙利人，英国人，美国人……边境已不重要。他们在西班牙脱下各自国家的外衣换上蓝色工装服或是橄榄绿衬衫。抹去国家。这是

① 阿尔弗雷德·冈多罗维茨（1899—1979），德裔犹太作家、记者，1933年后流亡法国。

② 瓦尔特·本杰明（1892—1940），左派德国哲学家与文学评论家。古斯塔夫·雷格莱（1898—1963），德国小说家，曾参与第一次世界大战。

③ 路易斯·阿拉贡（1897—1982），法国诗人、小说家及编辑，长期支持共产党。

战争教育他们的。对他们而言，西班牙是所有国家的象征，因为它代表了一个忍受侮辱的世界。他们当中有冶金工人，医生，大学生，铸排工，诗人，像生物学家哈尔达恩那样的科学家，冷漠，爱说教，穿着在伦敦皮卡迪里广场一家商店买来的空军皮上衣。姬达感到如同在家里一样。她从给自己敬上的所有香烟中选择了一支蓝色高卢烟并且让烟雾进到两肺，就像流淌在身体里的每个单词和每种感觉。

“卡帕呢？”过了会儿德国人惊奇地问道。他总是习惯看到他们两个人在一块儿。

姬达耸耸肩。一阵长时间的沉默。冈多罗维茨没有把目光从她的三角形低领处露出的柔软肌肤挪开。

“我不是他保姆。”她很有尊严地回答。

瓦伦西亚懂礼仪，慷慨且祥和。那些日子中战争绽露出最温情的面孔。所有人都匆忙赶去其他地方，尽量不让别人多等。他们一大清早穿过卡斯特拉尔广场去共和国政府驻地维多利亚酒店，打听是否有最新消息，广场上巨大的圆洞给地下花卉市场带来空气和光线。记者们习惯在伦敦酒店吃午饭，特别是每周四有海鲜饭时。身着燕尾服的领班内疚地走近餐厅的每张桌子，说道：

“服务不周和饭菜不可口还请多包涵……自委员会领导以来它已今非昔比。”

瓦伦西亚人和蔼，亲近生活，有点大嗓门，在饭厅中老是抬高声音讲点笑话。姬达已经基本掌握了西班牙语，虽然听懂他们的话挺费劲，但她即刻就学会在自己的词汇中添加*che*①，人们本能地适

① 西班牙语感叹词，用以加强语气。

应了她。有些人没有刻意做什么就讨人欢喜。这是某种与生俱来的东西，如同低声跟人分享玩笑时发笑的样子。姬达属于这种人。对她而言，学语言易如反掌。她以音乐家即兴演奏新旋律的流畅说出每个音，带着一种令所有人倾倒的雅致情调吐脏字。她头微垂着听别人说话，好像调皮的男孩，一派心照不宣的氛围。从女人的标准来说，姬达并不特别漂亮，但战争赋予她一种别样的美丽，幸存者的美。过于细瘦，轮廓突出，眉毛高挑带着戏谑的意味，总是一身蓝色工装服或军服，有种打动全世界的韵味。卡帕的缺席为她的追求者打开了禁猎区，而姬达开始体验被讨好的喜悦。侍应生给她预留最好的座位。男人们在她面前暗中较劲，为邀请她喝一杯，给她第一手消息，为了逗她笑或带她到特林盖特德卡瓦耶罗斯大街的几家舞厅跳舞而竞争。

舞蹈是妓院的前厅：我们关闭舞厅。[1]她念着门上贴着的红黑色告示，布告由无政府主义者联盟签署。

“这家舞厅的老板不会是无政府分子，”当有人给姬达翻译出签署者的名称时，她说。

“他就是。他是无政府主义者，而且还是最激进的那派，是伊比利亚无政府主义者联盟的创建者之一。”

“那地方上的舞厅还开放是怎么回事？”

“嗯……就像政府发布的禁令一样，是告知人们只有他们能发号施令。不论是上帝，还是主人都不能再下命令。”

无政府主义者！那么自我，那么忠诚，那么人道。连脚后跟的骨头都是西班牙人。姬达暗暗地笑起来。

---

① 此句原文为大写。

还有些时候他们一帮人去马尔瓦罗萨的海滩吃大虾，观船。这是她最喜欢的。她坐在沙滩上，看着格拉奥区的渔夫如何用阉牛把帆船从水里拉出来。他们迫使牛进到海水中，当水没过牛的膝窝时，便用船上的缰绳套住牛颈背的轭一直拽到沙滩。好几对阉牛把一只小帆船拉到海水外，伴着将在沙滩上破碎的一波波耀眼海浪。她独自一人待很长时间，当硝石清凉她的肌肤和记忆之际，她抽烟，目眺远方。

并非总有空闲时间。她必须进行报道。现在她是自己找活的摄影记者。她拍摄的所有照片都署有“塔罗摄”。她从未感受过能如此掌控自己的行动。在路易斯·彼维斯学院，她双膝并拢，蹲在走廊的一个拱门下，瞳孔双缩好似大头针的针尖。在她面前有一排民兵队伍。她以透视法取景。咔嚓。与战地女记者不同，她喜欢拍摄与战争场面迥然相反的日常生活图景：一对情侣在圣塔卡塔丽娜小吃店饮巴旦杏仁茶当午后甜点，在一块挂有马查多[①]和加西亚·洛尔卡头像的双连板下，村子间举办的歌唱竞赛，正在斗牛广场上文化课的女娃娃。瓦伦西亚进到了姬达内心特别深邃的地方。开放、感性而又好客的城市，对于所有忍饥挨饿从前线到此地的逃亡者而言它是丰腴的天堂，承诺之地，巴拉恰纳商店的橱窗总是堆满粮食。可是前线一天一天在逼近，从卡斯特拉尔广场的阳台上开始看到别样的东西：从大屠杀中逃出来的马拉加人的到来。人们赤裸着身子脚穿草鞋，因恐惧而扭曲的脸庞。

她未曾想到，自己的许可证仅在瓦伦西亚有效，于是为了得到许可证好去拍摄成千上万从安达卢西亚东海岸陆续到达的迁徙难

① 安东尼奥·马查多（1875—1939），二十世纪西班牙著名作家、诗人。

民，她携带照相机，肩背着乱七八糟的物件出现在国防委员会的新闻办公室。得到一纸许可并非易事。主管当局仔细研究每一份申请以杜绝那些借此局势满足私欲的人。欧洲的某些波西米亚小团体时兴一种战争旅行。寻找刺激，试图从对乏味生活的厌恶中跳脱出来，靠新闻办公室出钱，在瓦伦西亚或巴塞罗那最好的酒店住下，像看斗牛一样，为了隔着栏杆看西班牙人如何自相残杀。共和国政府不能容忍这种事。所以为获得许可以及汽车座位，大部分记者必须等待，同时嚼着雪茄，强迫性地用打字机写作，用外语要求永不到来的记者会。

不过，姬达用了不到十分钟时间，通行证就到手了，此外还有反法西斯知识分子联合会的许可印章。她知道找法子。姬达有社交才能，能轻易地用五种语言沟通，加上不可战胜的笑容还有不惧怕官僚的倔强。

她一连几天观察从海岸公路上通过的逃难者。先是骡子拉的车，接着是带着脏兮兮的受惊吓的孩子的妇女和老人，然后是绝望的人，赤着脚，筋疲力尽，往前还是向后都无所谓的那种失魂落魄的眼神。一场真正的人类洪灾。丢弃了家园并不顾性命的十五万人先是惶恐地逃往阿尔梅里亚，接着奔向瓦伦西亚，寻找共和国最近的难民点，并不知道路途上等待着他们的是更糟糕的地狱。地面上盛怒的佛朗哥政府的坦克对着靶子射击。空中，意大利和德国飞机朝他们扔炸弹；而离海岸很近的地方，炮艇从海上密集射击。那是一个捕鼠器。一侧是悬崖绝壁；另一侧是一面岩石的墙壁。没有脱身之路。母亲蒙上孩子的眼睛不让他们看到不断堆向战壕排水沟里的尸体。步行二百公里没有一丁点儿食物。时不时听到发动机的轰鸣声，超载到极限的罩着褪色绿帆布的民兵卡车队驶过，散了架，蒙着尘土，凄惨至极。父母们双膝跪倒恳求让他们的孩子上车，尽管他们心里面清楚如果孩子们上了车，重逢的可能性极其渺茫。最残酷的战争史诗。许多难民处于震惊的状态。当飞机再次攻击，从空中织出一张乱作一团的蜘蛛网时，另一些难民疲惫不堪地瘫倒在地。没有人试图自我保护。他们已经无所谓了。

姬达不知道朝哪儿看。那是世界末日。她看到一个个子很高的女人，牵着一匹驮着一袋面粉的白马，便如同被人摆布的机器人按动了快门。她确信自己正在发狂。没有人埋葬死者，也没有人搀扶伤者。

黄昏之际，她听到一阵模糊的声音。震颤声，咯吱作响，用头顶撞的声音，在一个山洞出口，黑暗中竖立着几只灯笼。她走向亮光，好像周围再无他物。是一家流动野战医院。一个男人穿的白大褂就像屠夫的围裙，上面血迹斑斑，在给一位老者的头部缠绷带。加拿大医生，诺尔曼·白求恩[①]，像一具活尸。干瘦，没有刮胡子，眼睛通红。他整整三天没合眼，现在正给病人输血，还收容路上的孩子。

姬达从没想过悲伤与憎恨如此接近。她把油灯灯芯拽长，光线照射的范围扩大了。她把毛毯披到肩头，往救护站走去。她听到病人的呻吟，一个母亲特别低声地和儿子说话的声音。卡车的后挡板被用作手术台。如果在黑暗中切断血管，入夜后的任何时刻，鲜血都变得像石油那么黑。最让人受不了的是气味。那一刻要是能和卡

---

① 白求恩（1890—1939），加拿大医生。曾投身西班牙内战，二战期间在中日战争中跟随中国军队。

帕在一起她什么都愿付出。他肯定知道恰如其分地说什么好让她平静下来。他有让人在最糟糕的时刻笑出来的本事。

她出了会儿神，抽了根烟，回想着他那双粗糙而有安全感的手的抚摩，他那种垂耳长毛狗似的忠诚的眼神，做爱后朝她脖子吹气的神情，自我解嘲的幽默，他也会强横地惹怒她，然后再用那种能抹掉一切的眼神平息她的怒火。温柔，风趣，自私。“讨厌的操蛋的匈牙利佬，”她再次想道，几乎要大声说出来好抑制升到嗓子眼的啜泣。她独自沿着尸体堆叠的排水沟走，面色苍白，目光迷茫。

她觉得要是不能马上见到一张熟悉的面孔，自己就会死去。她听到啪啦一丝响，如同一支蜡烛熄灭时的一缕白烟，有人刚刚用指甲弄破了一个吗啡玻璃瓶。那人转身之前她从背影就认出了他。细长的双腿，挽着袖子的胳膊伸进一个急救药品箱里，那是加里·库柏的做派。

“泰德，”她说。

男孩回过头。从穆里亚诺山分别之后他们没再见过面。她那个十九岁的守护天使老了。她慢慢朝他走过去，前额抵在他胸前，哭了，她第一次在西班牙落泪，不在乎被人看到。沉默，一言不发，姬达无法控制泪水，而泰德·阿兰缓缓地抚摩她的头，也沉默无语，神情茫然。他的右手放在她的金发和衬衫之间。熙来攘往的人流之中，这种肢体的接触是唯一可能的安慰。泪水似乎不是从胸中涌出，而是从喉咙里出来，阻止了她的呼吸。她这样待了许久，在承受了七个月的战争煎熬之后，泣不成声。

地狱。

第二十章

“我二十五岁，我知道这次战争是我一部分生命的终结，或许是我青春的终结。有时候我感到世界的青春也将随之结束。西班牙内战改变了我们所有人。我们已不是曾经的我们。我们所生活的时代充满了变化，很难辨识两年前的我们是什么样。我甚至想都不能去想未来将如何……”她裹在毛毯里，红色笔记本抵着膝盖，最后一缕光线渐渐消失在地平线上。这是一天当中她最喜欢的时光。倘若她是作家的话，定会选择这个时刻开始动笔写她的小说，昼与夜的交替，任凭思绪流淌的专属之地。任何一位情人都不能穿越这个边界。从那个高高的山冈她看到沿着屋顶形成的斜坡遭到轰炸的那片地方，以及牲口圈旁边数顷被破坏的菜地。她凝视着在西班牙发现的这片殉难之地。笔尖再次触及白纸的表面，她继续写下去。“最近几个月，我的足迹从这个国家的一端踏至另一端，从中学到了很多事。我看到牺牲的和被摧毁的人们，保持童贞的女人，目光古怪且悲伤的男人，风趣幽默的男人。这是一个无比神奇的国度，那么自我，那么像我们自己的。我看到它在每次轰炸下羸弱不堪并崩溃，而每个清晨带着崭新的创伤再次站起来。虽然我所见到的一切还没让我倒胃口，但是我终将腻烦。我知道。”

设在一片开阔地的野战医院藏身于黑暗中，以避免引起敌机的注意。许多难民裹着毯子躺在卡车的帆布下。孩子们脚缠绷带挤在一大堆麻袋上。政府试图把承受得住长途跋涉的所有人通过长途汽车、火车或轮船等运输方式从阿尔梅里亚迁出，可局势已经失控。

二月十四日卡帕抵达时最糟的情况已过。他乘飞机从图卢兹抵达瓦伦西亚。他的不少同行继续留在那儿等着得到一张通行证。新闻办公室无法处理所有的申请，打字机、乱七八糟的复印纸和脏兮兮的稿纸占满了桌子。于是在难以找到其他交通方式的情况下，卡帕决定自己雇一辆出租车，顺着紧挨稻田的索亚纳公路走，然后南下流灌区经胡卡尔至安达卢西亚。他不清楚这场战争能激励他的情感到何种程度。除了司机，他独自一人，准备忠于自己扮演的角色直到最后一刻。在摄影记者这行，生活是个人构建的传说。他肩背莱卡相机，目光死盯着里程表的指针。卡帕到达时，逆光中看到姬达在草地上把一条床单晾在疏林中，泰德·阿兰正在水桶里将绷带浸在炉甘石洗剂中。

“我不知道你当护士了，”他说话的语气里有丝酸气。半笑不笑，既柔和又谨慎。他因她心痛，尽管没有足够充分的理由这么说，他依旧感到不适。

“你来得太晚了。”她微微带点挑衅答道，没有特别指出她暗示的是拍摄安达卢西亚难民的迁移还是自己以后的生活。

当她以傲气的城墙防卫时，卡帕受不了这种双关语。姬达身穿民兵制服，面色苍白，带着那种中世纪女战士的高傲劲，她散发出的美丽让卡帕感到一切都无法忍受。他凝望着她，期待她再说点什么。可是她没再说什么。暂时。

接下来的两天，虽然对泰德和白求恩的加拿大式慷慨的同志情谊的冷漠还存在，但冰雪正在融化。自从敌军开始往这座城市投射燃烧弹，他们就决定连卡车和帐篷都迁入郊外一处有些年头的宅子中。那座建筑有点摇摇欲坠。楼梯少了台阶，扶手掉了。东侧的几间旁室没有屋顶，就像大鸟笼。打开门，迎面就是风景，不过厨房完好无损地保留下来了。白求恩医生就在那里配好枸橼酸钠以保存用于输血的血液。卡帕喜欢和孩子们玩耍，他为他们在墙上布置小皮影戏剧场，用一条白手巾在指间移动来表演节目。姬达看着他扮演小丑，微笑着。

第二天夜里她脱下靴子，弯下身，四脚着地爬进他的帐篷，没有更多前戏，甚至没察觉到他的手滑过肌肤，姬达知道将要发生的与自己所期待的丝毫不差。他的双唇散发出男性味道，悄声向她吐露既甜蜜又色情的话语，特别靠下身，两腿之间，他慢慢挪动，把握十足地把每次抚摩延长至极限，把她弄到癫狂，让她放弃自己的所有原则。最后一刻她向上头望，看着帐篷顶，寻找某个可以抓牢的地方，但没有找到任何抓靠处。她感到前所未有的脆弱。她要自由，要捍卫自己的独立，不依附于任何人，可她爱得直至无法忍受。一切都那么复杂。

她把这事告诉卡米拉，一个语出惊人、半聋、后背结实的来自加的斯的吉卜赛算命女人。

“姑娘，爱一个男人比让一列火车飞起来还难。”

她明白卡米拉的话。她炸飞过好几列火车。卡米拉五十岁上下，黑裙，浓黑的头发中分，紧紧地朝后梳挽成一个髻，插着一把金色的压发梳。她倔强得像头骡子，双手坚如磐石。她把绳子拴在孩子们的腰间，要是他们筋疲力尽，心存抱怨，并且说没法走路的话，她就像抽山羊那样用绳子的一端抽打他们，强迫他们往前走。可是过后，当她发觉他们真走不动了，她就把他们成对地扛到背上，这么扛着他们上山，爬上爬下走完全程。当卡帕看到她像养路工那样大气不喘地喝酒囊里的葡萄酒时，就常常找玩笑话打趣她。尽管她耳朵不好，又带着特别重的安达卢西亚口音，他还是很能和她沟通。他们有着同样的吉卜赛的灵魂。

姬达曾把手开玩笑般在她面前张开。吉卜赛女人摊开那只手，拇指仔细捋着手掌浏览。卡米拉的双手把姬达的一只手扣住好一会儿，再松开那只手，却什么都没说。他们在一堆篝火边喝咖啡。她和卡帕隔天一大早就出发，他们想跟她告别。他们决定继续朝阿尔甘达桥前进，那里的战斗打得正酣。

“卡米拉，你看到什么了？”卡帕唇间叼着根香烟问道。

“匈牙利人，你的女孩非常稳重，有主见，不过小心她咬你留下的印子。”卡帕依旧炫耀他脖子上在最近的欢爱中留下的印痕，一块酱紫色的咬痕恰恰在他左耳下方。

“应该是个吸血鬼干的，”他开玩笑说，双臂模仿着一只飞舞的蝙蝠，“说不定是只女吸血鬼，最危险的那种。宽耳犬吻蝠。”

“你要是能让她守规矩的话，她会是个好妻子。”

“门儿都没有！”姬达蹦出的西班牙语地道极了。

她这样脱口而出，大家都咧嘴乐了。听到她带着那么优雅的异国韵味蹦出赶脚人说的脏话实在有趣。任何卑鄙下流的感叹词的原意都被她剥离了，把词义演绎成纯粹的挑战。如同眼见一只安哥拉猫以寻常市井的动物之道捕鼠。

“那么未来如何呢？”泰德想知道，他曾有机会见识这个吉卜赛女人算命的精准。他坐在姬达身边，因好奇与羞涩膝盖弯着，垂着头。在姬达面前他总是脸红，但他像对大哥那样崇拜卡帕。过不了很久，在巴黎愁云密布的一天，他们两个会酩酊大醉，彼此扶持着，敬酒，聊天，等待生命中最残酷的黎明。加拿大小伙子直率又真诚。如果在自己死去或背叛姬达和卡帕的任何一人之间选其一，他定会选择前者。战争正从内心击碎他脆弱的感情拼图。他守护天使式的提问，也许是预见到或直觉感应到了许多即将发生的事情。“你不敢冒险告诉我们，对吗？”

“不。”

“您什么都可以说。”姬达满心敬畏地鼓励她，她总是以“您”相称。“我不相信这些事。”

“那你相信什么呢，孩子？”

“我的想法。”

“想法，想法……”卡米拉祷告般兀自重复着。

“你让我们忧心忡忡，”卡帕朝吉卜赛女人挤弄着一只眼睛表示抗议。他觉得她眼下这样守口如瓶毫无疑问是有些关于感情的事情要说。

“说吧，”姬达再次恳求，“把您在我手上读到的告诉我吧。我很想知道。”

“什么都没有。”她辛酸地重复道，神情凝重，当她起身要走时左右摇头。“我什么都没看到，小姑娘。”

他们在多云的黎明时分上路了，跨过混着石灰浆的水洼，在色调灰蒙蒙的一片天空下辞别带着同样忧郁色彩的那几间被昨夜烟草的烟雾熏染的旅店房间，知道永远都不会再回来。

要不是那些坑坑洼洼还动不动就会磕磕碰碰的路途，那是一片安逸的景致。向西的整条路上他们遇到长长的军用卡车，在破旧的帆布下载着货，多是老式派克车和坦克。随着他们离哈拉马前线越来越近，颠簸加剧了。碎石路的两侧有黑色烟雾柱悬在天地之间。叛军正试图切断马德里到瓦伦西亚的公路让首都丧失主要补给线。不过靠着殊死保卫阿尔甘达桥，共和派保住了这条路线。夜幕降临时，姬达和卡帕到达国际纵队设在塔胡涅的莫拉塔营地总部，一处麦田环绕的平地，要不了多久就会被炮弹摧毁。但那个时刻营地很平静。

树木摇曳声和从步枪中取出子弹的声音一模一样。姬达和卡帕抵达的那个夜晚听到了那种歌声。老人河/那条老人河……两百多个男人坐在苏族人旁边，形成一个封闭的圆形，充满仪式感。

“天啊，那是黑人灵歌……”卡帕直截了当地发出感慨。是保尔·罗伯森①，一个近两米高的新泽西大块头，宽阔的胸部，曾当过橄榄球队员，职业赋予他一种如管风琴乐声一般的雄厚嗓音。他站在平地中央，当这个黑奴后裔唱出超越所有边界的低沉的再降半音调子时，黑暗里围绕着他的人群爆发出暴风雨般的掌声。

上百张紧绷的、平静的、被激情打动的面孔屏住呼吸聆听来自密西西比沿岸棉花地的黑人灵歌。姬达感到那种音乐如同圣歌一样直抵脏腑而没有揉碎她的骨头。独一无二的歌声里深深蕴藏着某种圣经般深奥的内容。黑暗，田野的气味，来自五湖四海的人们的集结。大家都特别年轻，几乎还是孩子，像英国女孩帕蒂·埃德内伊，十八岁，满腔热血，上了一辆救护车的踏脚板来到阿拉贡前线；再如二十一岁的小伙子约翰·考恩弗德，穿着飞行员的皮衣，

---

① 保尔·罗伯森（1898—1976），美国黑人男低音、演员、作家、律师。

一脸孩子般的笑容，不停地抽着没有过滤嘴的香烟，要不是在科尔多瓦山被一枚子弹击穿了肺部，他会是名无与伦比的诗人。姬达和卡帕曾在莱塞尼纳和一些年轻人相遇；当法西斯分子到达曼萨纳雷斯河岸时，在马德里遇到了另外一些人，同在鲁卡萨元帅的纵队。姬达清清楚楚地记得一次轰炸后作家古斯塔夫·雷格莱被两名民兵从瓦砾中抬到担架上；个子特别高的阿尔巴尼亚男孩在乡村之家战役后和卡帕喝到大醉，因为他全身心地爱上了一名年长他许多的已婚女人；戴着空军眼镜的美国人本·莱伊德尔[①]，在一架Policarpor I-15 战斗机前摆造型，他驾驶着它保卫马德里直到被击中。双翼歼击机每次执行任务时都会从空中向埋葬他的科尔梅纳尔·德·奥雷哈的公墓致意；弗里达·科纳尔特，在圣塔安娜广场给鸽子喂面包屑，当法西斯的榴弹炮惊吓到了鸽子时她勃然大怒；鲁德维格·伦的左肩上留下了机关枪扫射留下的疤痕；西莫恩·威尔透过自己的知识分子的眼镜片慌乱地注视着激烈的争执；查尔斯·多奈尔借着一盏油灯光，在莫拉塔平原书写诗歌，一支铅笔夹在耳朵上；睿智冷峻的阿莱克·马克达德，以他典型的英式幽默让大家发笑，当法西斯分子的飞机对格兰大道的屋舍进行地毯式轰炸时，他正坐在人行道上吃一听金枪鱼罐头。林肯旅的美国人，季米特洛夫[②]旅的保加利亚人和南斯拉夫人，多布洛夫斯基旅的波兰人；台尔曼旅及爱德加·安德烈旅的德国人和马赛旅的法国人，古巴人，俄国人……姬达盼着在那儿见到乔治。从他的最后一封信，姬达知道最近三个月他在西班牙参战，然而机遇不愿意延展它的桥梁让两人

---

① 本·莱伊德尔（1901—1937），美国空军，于马德里出任务时阵亡。

② 季米特洛夫（1882—1949），保加利亚共产党领袖。保加利亚人民的伟大领袖、国际共产主义的杰出活动家。

相逢。

“我喜欢黑人音乐。”姬达说。

歌声令他们更加激情洋溢，拳头举到太阳穴的高度，“干杯！”“干杯！”……

他们往帐篷走去。随着眼睛渐渐习惯了黑暗，两人周围的平地清晰起来，麦田的轻风吹动帆布帐篷微微摇摆，这是深沉且冰冷的夜，当帐篷的絮絮低语渐自停歇，如同套在玻璃罩中时，滤掉了声音和气味。两个人携手走着，一种特别的情投意合，几乎是可遇不可求的地质现象，属于黑夜。卡帕觉得那是可以让一个人愿意死去的辉煌之地。

“要是我为你献出一切，你会拒绝，对吗？”他说，不是抱怨也非指责。

她没有回答。

卡帕从未这样爱过任何人，他意识到这是自己的致命弱点。她越是独立，对他而言就愈发难以企及，而他又更想要拥有她。生活里他第一次变得充满占有欲。

当她选择独自睡觉时，他就讨厌她的自满。此时他无法把她从脑海里赶走，抓狂地思念她每寸肌肤，她的嗓音，还有她说过的话甚至鸡零狗碎的争执，她爬进帐篷和紧贴他身体的方式，如同圣女或安达卢西亚圣母那样眉毛微蹙。

他转过身面对她，温柔地抚摩她的手腕。

“嫁给我吧。”

姬达听他说话时转身注视着他。她没有失去镇定。只是有点儿感动。要是在几个月前她定会欣然接受。

彼此相对，她克制着想接受抚摩的冲动，坚定而含情脉脉地注视他，仿佛亏欠他或是该给他一个解释。她完全没办法说出口，感到无能为力，想寻找某些话来摆脱困境。她记起一个古老的波兰谚语："如果你剪断一只云雀的翅膀，你会拥有它。但从此它不能飞翔。而你爱的是它的飞翔。"她宁愿什么都不说。她垂下眼睑，至少不让善意被侮辱。她松开他的手，独自往帐篷走去，脚踩下去时感觉土地特别密实，想到自己将很难像爱上那个顺从地看着自己的匈牙利人一样爱上其他人，深深的哀痛击碎了心底的灵魂。他带着那种半忧伤，半调侃的微笑，仿佛读懂了她的心思，很清楚这将会是他们之间永远的约定。这里，那里，不在任何地方……

第二十一章

几个月的包围之后那座破旧的老房子依旧伫立着。它位于杜埃罗侯爵街七号，被埃雷迪亚·斯皮诺拉侯爵的继承人用来作为知识分子反法西斯联盟所在地。丑陋的建筑，里面所有的接缝处都咯吱作响，过于庄重，装饰着死气沉沉的家具和厚实的天鹅绒窗帘，但里面却藏了一座生气勃勃的城市。不管是西班牙的还是外国的演员、记者、艺术家和作家都在联盟的厅室中穿梭不停，特别是诗人，比如拉斐尔·阿尔贝蒂，联盟秘书。冬去春来，来往穿梭在联盟的有在马德里继续担任智利领事的巴勃罗·聂鲁达[①]；写自由体诗的秘鲁人塞萨尔·巴列霍[②]；塞尔努达[③]，他仪表堂堂，头发总是刚梳理好的样子，胡须也是新剃过；莱昂·费利佩[④]每天带来因轰炸死丧者的清单；当奥里维拉的牧歌诗人米盖尔·埃尔南德斯[⑤]从前线归来时，战争时阳光把他的脸晒得黢黑，他留着光头，农夫的走路姿势，脚几乎不离开地面。

昏暗中，姬达默然走过饰有十八世纪壁画的过道，来到二楼她的卧室时，她打开胡桃木的柜门，发现横杆上挂着曾属于伟大西班牙时代的好几代人的礼服：素朴的长礼服，镶花边的舞会服，蓝灯

---

① 巴勃罗·聂鲁达（1904—1973），智利著名诗人，70年代曾获诺贝尔文学奖。
② 塞萨尔·巴列霍（1892—1938），秘鲁诗人与作家。
③ 路易斯·塞尔努达（1902—1963），西班牙诗人与评论家。
④ 莱昂·费利佩（1884—1968），西班牙诗人。1938年后流亡墨西哥。
⑤ 米盖尔·埃尔南德斯（1910—1942），西班牙杰出诗人与剧作家，后病死狱中。

芯绒布料、有金色纽扣的海军司令制服，褪了色的缎子，带樟脑味的薄纱。

“太妙了！”她对卡帕说，像个小姑娘似的眼睛睁得老大。

四五个人突然间步调一致地有同一个想法，他们开始取出那些布满灰尘的老古董，让它们沿着打蜡的桃花心木扶梯滑下去，顿时夜蛾满天飞舞盘旋。没过多久，巨大的镜厅就变作了一个临时剧院，所有人都乔装打扮，扮演各自所充当的角色。卡帕身着院士长礼服和镶花边的衬衫，穿着荷叶边红色连衣裙、披着西班牙头巾的姬达扭腰摆胯地走着；阿尔贝蒂围着一个白床单，头顶一颗当作桂冠的苦苣；摄影师瓦尔特·雷乌特尔①叼着烟斗、身穿骑兵中尉制服；广告师何塞·雷纳乌穿着主教的服装，毛茸茸的腿从苋科植物丛中露出来；拉斐尔·迪埃斯特②担当司仪，带领大家玩闹起哄。每天夜晚的防空袭警报响起时，他们就孩童般嬉闹，玩核桃钳子，扔纸球，沉浸在儿童大战中。而他们的周遭则被死亡包围。表演节目是他们对抗战争的一种方式。

整座城市是一座巨型战壕，到处都是被街垒截断的街道和炸弹造成的坑洞。阿尔卡拉，戈雅，马约尔大街或是格兰大道都无法通行。南北向的街道，比如雷科莱托斯或塞拉诺街要顺着相应的朝东一侧墙面的人行道走，但不能直接穿越广场，而是要贴着边走。一直都得紧挨着柱廊走好在需要时进去避避。这是米亚哈元帅在保卫马德里代表委员会的前线时颁布的指令。指令贴在联盟大门旁的招贴栏里，很醒目。尽管好几个礼拜之前民众就开始往瓦伦西亚搬

① 瓦尔特·雷乌特尔（1906—2005），德国摄影记者，曾参与西班牙内战。
② 拉斐尔·迪埃斯特（1899—1981），西班牙作家，内战期间加入知识分子反法西斯联盟。

迁，供给的问题依旧存在，马德里人不得不在定量供应办公室和食品店门口排起长队。不过剧院和电影院照样继续营业，如同什么都没发生。里阿尔托，毕尔巴鄂，卡皮塔尔，阿贝尼达等影院……一座围城不能失去希望。人们将去观看在毕尔巴鄂剧院放映的《中国海》，却不知道最糟的情形就等候在他们离开剧院之际，等候在弗恩卡拉尔大街。可是看过电影中台风、马来西亚的强盗、苦力和中国的遥远枪声后，真实的战争也就并不那么动人心魄了。电影中珍·哈露在某个靠近一条充满烂泥的肮脏浑浊的河里，最后的希望是源自背景配乐的船只那神秘的汽笛声。梦想。

联盟是前线的文化中心。一层的房间下午变成了《蓝月亮》杂志的临时编辑室，该杂志致力于提升战士的士气；镜厅成了由拉斐尔·迪埃斯特领导的“新舞台”剧社，筹备改编适应战争的剧本。九点钟，晚餐在一张由多枝烛台照亮的大桌子上开始。菜谱几乎从来不会多于定量供应的豆类，但餐具十分精致，波西米亚风格的玻璃制品和塞夫勒[①]的瓷器。

音乐晚会在最后进行，年轻诗人们带着热情的目光背诵自己的诗篇直到遭炮火袭击的英雄的马德里的夜色渐渐被黎明染红。很快，姬达和卡帕就成了最惹人爱的一对。他们在巴黎向来是难民和举债度日的外国人，在联盟中他们开始感受到宾至如归的滋味。两人尽管西班牙语尚不流利但还是参加了合唱团，以无人能敌的活力演唱抵抗歌曲：他们咧嘴笑对炸弹/他们咧嘴笑对炸弹/他们咧嘴笑对炸弹/我亲爱的妈妈/马德里人/马德里人……雄壮的嗓音，款款深情。他们接受有时非常生硬粗粝的西班牙式幽默。他们能开怀大笑：当

① 塞夫勒，位于巴黎西南郊，以产瓷器著称。

晚餐的碟子空荡无物，或圣地亚哥·昂达纽恩①说豆子里的虫子正紧盯着他们看时，或者当诗人埃米利奥·普拉多斯②热衷用安达卢西亚口音唱马赛曲，或是当姬达说抽“叶子”时，或者当卡帕特别严肃地对着画中的侯爵夫人说话之际。

“卡帕先生，可以知道，您为什么是革命分子吗？”阿尔贝蒂的妻子玛丽亚·特雷莎·莱昂模仿旧政权的一名贵妇人老古董式的声调问他。

“为了尊严，侯爵夫人。为了尊严。”他答道。

联盟是他在西班牙的家，他唯一的家庭。

有时候美国作家欧内斯特·海明威会突然造访联盟，戴着贝雷帽和金属框的知识分子眼镜。他正为写一部关于西班牙内战的小说做准备，不管走到哪里都带着一台老掉牙的打字机。通常陪同海明威的是常驻西班牙的记者中笔锋最犀利一位——《纽约时报》的记者哈勃特·马特斯，还有伦敦《每日快报》的记者塞弗顿·德尔梅尔，一米八的大块头，魁梧，面色红扑扑的，像个英国主教。他们三个人形成了一种奇怪的三名火枪手的组合，卡帕很快也加入其中。加入的那天他在刀匠拱门下面的路易斯·坎德拉地下餐厅请所有人吃海鲜饭。

姬达是联盟中的明星，磁石般吸引着所有人：她微笑时露出的炫目牙齿，能轻而易举地模仿各种口音，除了会说五种语言，还听得懂被海明威称为卡帕语的卡帕说的奇特黑话。她早早地从联盟出门，经过被炸毁的国家图书馆，经过大地女神广场后继续从阿尔卡

① 圣地亚哥·昂达纽恩（1903—1989），西班牙画家、设计师。
② 埃米利奥·普拉多斯（1899—1962），西班牙诗人，1939年后流亡墨西哥。

拉或格兰大道乘车往前线。她整整一天都在工作，带着她的相机捕捉临床医院战壕的死亡画面，而这里离马德里最好的几家酒吧只有几百米远。她如同掌控一把进攻的步枪那样操作相机。卡帕看着她换胶卷，当子弹正向她飞射而来时，她斜靠着坡面，鼻翼大张，皮肤冒汗，所有的毛孔释放出肾上腺素，嘴巴紧闭，专注细看一张张的照片。

他们冒险的程度一次超过一次。不过他们实在太漂亮了，如此年少，有一种符合运动员标准的坦然自若。没有人会为他们担惊受怕。他们拥有众神的宠爱。战士们高兴看到姬达的到来，仿佛她的出现成了他们的护身符。他们把姬达称作迷你金发女郎，如果她在附近的话，事情就不会太糟。几个月之后，当他们在马德里南部的格兰胡埃拉再次碰面时，阿尔弗雷德·冈多罗维茨对她袒露，他从没见过国际纵队的队员们那么干净，胡子剃得光洁清爽，就因为姬达带着相机在他们身边走动。镜子旁和泉眼边，男人们的喧闹持续不停。外国战地记者为了能把地方让给姬达或是能带她乘坐自己的汽车而竞相争抢。安德烈·恰姆松[①]邀她乘坐配给他的礼车旅行。她以自己既打趣同时又充满爱意的独特微笑回应所有人，友好地对待所有人，但不放弃任何原则。一次她采访米亚哈元帅，他们并肩在联盟的花园里散步时，元帅赠她四月的第一支玫瑰。她也常常在那栋大房子里和拉斐尔·阿尔贝蒂聊天。在那里的地下室所设的小实验室她教诗人冲洗自己首次拍摄的底片。就连玛丽亚·特雷莎·莱昂都以母性的本能和女性的对立情绪敬佩她。

在公众场合，她有种令众人倾倒的魅力。卡帕从一开始就因

① 安德烈·恰姆松（1900—1983），法国作家。

此而钦佩姬达，现在却不太肯定了。他开始质疑一切。两人的关系又像最初那样间歇性和好。他们是心灵相通的朋友，不可分离的同伴，同事，合伙人。而且有些时候，仅仅有些时候，睡在一起。作为情侣，他们的关系表面上单纯像是退回到了一块中立区。然而他太高傲了，无法接受做一名秘密情人。他忍受不了。当她单枪匹马独立进入城墙的堑壕或者跟某人单独交谈时，而他又在跟前，处在数量更多的一群人中，他会抬高嗓门讲些他自己丝毫不觉得有趣的笑话，古怪饶舌。只要他感到自己被取代就演同一出戏。他分析姬达的每个动作，仿佛在解读什么关键的密码。他怀疑自己被别人取代了。有一次，他看见她在门厅攥着《伦敦工人报》记者克劳德·考克布恩的西装领子，听着克劳德低声耳语了什么就笑了很久。好些天他就一门心思对付那个记者，让他什么都干不成。可她究竟在捣什么鬼？他已不相信姬达那些爱意的表达：经过他身边时抚摩他的头发，或是当他们碰巧坐在一块儿时靠着他的肩膀。要么和我在一起，要么做我的冤家，他想。

他越抗拒她的出现，反而愈发迷恋她的身体，她平坦的腹部，脚踝处微妙的曲线，凸出的锁骨。那是他唯一的地图。他要跟她睡的不是一个晚上，而是每个晚上，他要让她仰卧在一张带帐幔的床上，扒开她的双腿，插到她身体里面，让她顺着自己的节奏直到她失去控制，甚至让有时显露在脸上的距他咫尺天涯的硬朗棱角都柔和下来。如同风渐渐磨光裸露的岩石一样。最后一次正是如此。强劲，暴力。两个人都跪着摔下来，开始放纵欲望之前他把头埋进她衬衫下面，嘴巴里是她手指咸咸的味道。他握紧她的头发并且使劲往后拽，五官扭曲，暴怒，贪婪，亲吻变成了咬噬而抚摩几乎成了抓挠。他野兽般和她做爱，仿佛痛恨她。而他恨的是未来。

“我走了。”他光脚离开之前说道，低着头，没有看姬达。

这是他唯一能做的。他快疯了。

而姬达知道，她会独自把一切处理妥帖。

她前所未有地投入到工作中。她习惯于早早起床，每天最后一缕光亮暗下来时回来。天亮时，她到西区公园和大学城周围被挖得错综复杂的壕沟去。从前线回来，她沿着十五步半大街走，和流浪者擦肩而过，冷漠地避开某位不幸市民的尸体，面对死亡，她已历经恐惧的磨炼，近一年的战争让她在不知不觉中拥有了一身护卫铠甲。她猛然在一部电影海报前止步。那上面是珍·哈露，半好半坏，一半是天使，一半是吸血恶魔的女孩，如同任何一个要被救赎的人物，在他的救星克拉克·盖博身旁，他面露微笑，狂野，温情脉脉，那个男人应该会试探她，放弃她，有点贬低她，轻视她，同时又以同样的浓情蜜意回应她的爱，老一套的故事。内心中全部的暴力和复杂都是要抵御柔情本身。电影院是带来梦想与哀伤的地方。

三月中旬，叛军企图从东北对马德里发起新攻击。但墨索里尼派出的意大利军队的进攻在瓜达拉哈拉遭到伟大的抵抗，战役以共和军胜利告终。姬达去了占领区，沿着逼仄的满是烂泥的道路走动，沿途躺着许多掀翻的卡车和坦克。那天她回到联盟时面色苍白，疲惫不堪，照相机三脚架上密布着被法西斯分子射中的子弹孔。

当拉斐尔·阿尔贝蒂因出现危险而惶惶不安时，她指着三脚架的一根支架回答他：

"打在这里比射进我心脏要好。"不过她无法确定子弹会飞到哪儿。

她像平常那样跟大家一起吃晚饭，吃完后他们听播音员奥古斯托·费尔南德斯[①]有关战争的广播。毫无疑问播出了好消息。到目前为止，布里维加战役是共和政府最明晰不过的胜利。他们决定在镜厅开庆祝会，可姬达不想参加。所有人都坚持要她来，拉斐尔·迪埃斯特，考克布恩不想错过讨好她的机会，阿尔贝蒂，玛丽亚·特雷莎·莱昂，所有人……而她用得体的微笑推辞了。她回到自己房间。她小心翼翼地标记着底片一直到很晚都没睡。她不是像卡帕那样留一个楔形的口子，而是像电影导演那样用一根缝衣线。这个手工活让她放松。她感到淤泥沉积的混沌河流在灵魂中的某种浑浊，在夜晚正慢慢消失。自从卡帕离去后，她对社交生活已全无兴致。

就像《中国海》中的珍·哈露。

---

① 奥古斯托·费尔南德斯（1887—1975），西班牙插画家，内战期间任电台播音员。

第二十二章

少云而晴朗的一天。四月二十六日。不炎热。这是赶集去买母鸡和玉米面包的好日子，男孩们玩弹球游戏，钟声阵阵。第一架飞机出现在下午四点，一架容克斯52。

法西斯分子在瓜达拉哈拉失败后，为控制巴斯克各省的铁矿和煤矿，佛朗哥在该地区的工业带实行战略指挥。莫拉元帅率领四万人坐镇比斯开负责北方战争。然而由希特勒的副手君特·吕佐夫指挥的秃鹰军团展开了空袭。

由十架亨克尔51歼击机护卫的四队容克斯飞机组成三角状超低飞行，几架备用的意大利飞机幻影般划破格尔尼卡的天空。最先投掷普通炸弹，每枚重两磅的三千发铅制炮弹，接着当歼击机在城市中心掠地飞行完成最后的屠杀之际，又投掷了一连串550/1b 燃烧弹，机枪扫射一切移动物体。

在那种黑色烟雾中什么都不可能看见。最后已然是闭着眼投放炸弹。三个小时如疾风骤雨般的真枪实弹扫射，屋舍烈火熊熊。整个城镇陷入一片火海。《人道报》的标题为："首次以空袭方式，以无自卫能力的民众为全面摧毁目标"。史无前例的情形。卡帕在协和广场的一处报亭读到这则消息。

他本来约好露丝一起用早餐。自打他从西班牙回来还没见到露丝，而他需要跟露丝谈谈姬达。联盟最后一夜的痛苦回忆依旧在他脑海里燃烧；她回避一切承诺的方式，她的漠然，得不到答复的问题使他深陷难以恋爱的不确定感中。一切都那么脆弱，一切都在倒向对立面的节骨眼上。前一个夜晚他大醉一场，对肝脏是种折磨。起初他沿着塞纳河的码头游荡，双手插在兜里，踢着脚下的石头，沉浸在思绪里，什么都想不明白。接着他进了港口的一家酒馆，一个小时过后完全醉倒。威士忌。不加冰，不加苏打，也没有任何形式的预先铺垫。每个人都有各自疗伤的秘密的方式。他只有喝到瓶底朝天，才能从那些愁绪中抽离些许。他的动作变得越来越慢，心口和腹股沟不让他感到痛了，而姬达·塔罗又成了任意一个波兰犹太女子，和在巴黎大街拐角处碰到的许许多多女子没有区别。不是最聪明的，不是最漂亮的，也不是最好的。酒吧周围一如他的回忆开始一点点地模糊起来，所有的东西都轻微失焦，《轻微失焦》，就像他所拍摄的最好的相片。孤独的感觉，忧伤，害怕失去她……他向自己发誓再也不以那样的方式爱上别人。而且他履行誓言。他有其他女人，当然了。有几个大美人，他对所有女人都表现得专注和兴奋，荣幸地担当诱惑者的名声，不过没有任何形式的束缚与承诺。他凭借回忆与世界其他部分拉开巨大的距离，仿佛他让某人进入他俩曾分享的秘密岩洞就是对自己最大的背叛。后来的一个夜晚，许多时日过后，当欧洲开始摆脱第二次世界大战的阴影时，他甚至向英格丽·褒曼[①]求爱。他和朋友欧文·肖[②]在丽兹酒店的大堂，两人暗地里策划，给女演员发了一份晚餐邀请，任何一个聪明的女人都不愿拒绝的邀请。在一张酒店专用信笺的奶油色纸张上，他们边狂笑边匆忙写下：

---

① 英格丽·褒曼（1915—1982），瑞典女明星，曾三次获奥斯卡奖、五次获金球奖。

② 欧文·肖（1913—1984），美国作家、剧作家。

致英格丽·褒曼小姐：

1. 此为集体努力的成果。该团队由鲍勃[①]·卡帕和欧文·肖组成。

2. 我们本想给您寄送鲜花并附此函邀您今晚共进晚餐，但经过妥帖的商议，我们发现要么付钱买花，要么为晚餐买单，但我们无法为两单付费。投票后，为晚餐买单以微弱优势获胜。

3. 如若出现您对晚餐不感兴趣的情况，我们将寄花给您。目前尚未对此作出决定。

4. 除鲜花外，我们有一大堆令人怀疑的优点。

5. 要是我们还继续写，将无话可说，因为我们储备的儒雅是有限的。

6. 我们会在六点十五分给您打电话。

7. 我们不睡觉。

签名：

期待者

这是他继续活下去的方式，当没有什么让他觉得重要时，他有点玩世不恭地对待一切。不过，他的确再也没有像爱上那个波兰犹太女人那样爱上任何人，她讥诮的微笑就连一整箱威士忌都抹不掉。他一口气喝了那些酒，一杯接着一杯，屏住呼吸，当时侍者已把椅子架到桌子上并清扫地面。

① “鲍勃”是“罗伯特”的昵称。

但现在酒精完全消解了。清晨他起来小便，惊异于自己马匹一般冗长的尿流声。唯一留在脑海中的仿佛是一把击碎太阳穴的钻机，所以他打电话给露丝。试图找到隧道尽头的一缕光线，最好靠女人，女人总能看得更远，她们彼此了解，知道应该做什么，真该死。

“姬达就是这样的人。打小就在自己周围竖起了一道防御的铠甲。给她时间。”露丝曾劝过他，却并不知道时间是她唯一缺乏的。

卡帕听露丝说话时低着头，什么都没说，想象着自己见过姬达年少时的一张照片，她把那张照片和别的纪念品保存在一只小小的榅桲木糖果盒里。她穿着短裤坐在码头，握着一根鱼竿，没穿鞋的脚悬在木结构的港湾，金黄色的发辫，眉宇间漫溢着不高兴的任性高傲。“去她妈的，”他径自想着，必须控制呼吸，好不被柔情击垮。可最后由于怨气或烦躁，他突然重重吐出所有的气。

正是在那一刻他头晕目眩地起身，穿过广场朝报亭走去。他的面部表情僵住了。当一个人深陷于自己的痛苦中时，会倾向于认为周围发生的事与自己没有丝毫关系。只是那不是别的世界，而是西班牙，他的骨肉。一座被瓦砾覆盖的城市，它被完全摧毁的轮廓。格尔尼卡。每一枚炸弹都击中它的脏腑。

“该死！”

就在同一天他和《今晚报》商谈去比亚里茨[1]的旅行，从那儿乘坐由法国飞往毕尔巴鄂的飞机。

再一次从空中摇晃的飞机上俯瞰下方，那种湛蓝的澄澈，天空止于南方海岸的黑色轮廓。德国飞机继续轰炸索约维山麓的巴斯

① 比亚里茨，法国城市。

克战壕，法西斯军队的坦克沿公路横冲直撞地前进。但是遭围困城市的内部情况更恶劣。卡帕看着女人和孩子们怎么从废墟中站起身，在被太阳烤炙的只剩残垣断壁的建筑物残骸中他们好似肮脏的幽灵，城市中飘溢着在瓦砾中慢慢腐烂的尸体的气味，一连好几天粘在皮肤上就算在浴池里用肥皂好好洗都去不掉的气味。不可能忘记。一如毕尔巴鄂港口那些母亲的面孔。她们站在被轰炸过的港口忍饥挨饿,送别他们拿着小小行李箱的儿女们，而孩子们登上不得不冲破封锁好把他们转移出去的英国和法国的轮船。母亲们咬着嘴唇不让孩子们看到她们哭泣，同时重新把孩子们梳理得漂漂亮亮，把他们大衣的纽扣一直扣紧到领口。母亲们心里清楚再也见不到自己的孩子了。有些太小的孩子包裹在小毯子里，靠着五六岁的哥哥姐姐的臂弯。

卡帕看看这边又看看那边，好像无法拍下更多照片。他双手抽筋。他坐到一堆麻袋里，紧挨记者马修·科尔曼[①]的旁边。他宁愿在战场拍摄上千次。两人在那儿待了好久，只有他们两个，当船只驶远，他们注视着黑色的海水，抽着烟，默然无语。

他想到当一个人亲历类似的情形时，不可能把感受表述出来。死亡不是最糟糕的，而是那种怪异的距离感，如同一种无可修补的冷酷恒久地侵入灵魂中。他看见十七岁的自己乘火车离开布达佩斯，带了两件衬衫，一双双层底靴子，几条灯笼裤，以及走投无路的迷茫。对他而言，要拍摄那些莱卡已然太小了。他需要一架能够捕捉动作的摄影机，一架电影摄像机。固定摄影不足以传达那些孩

① 马修·科尔曼（1901—1975），比利时作家与记者。他是第一位报道格尔尼卡轰炸的记者。

子的声音，远去的船只，直到天黑还站在港口的女人们，她们说什么也不离开，依旧相信看得到地平线处的点点船只。湿气打滑了舷梯。阴郁浩瀚的大海。

系列纪录片《岁月征程》的导演理查德·德里奇蒙特①在卡帕回到巴黎时给了他试用一架电影摄影机的机会。理查德在哈佛接受过教育，为人平易温和。他教会卡帕使用摄像机最基本的知识，并提前支付给他一小笔钱委托他摄制西班牙战争的一些场面好加在他的纪录片中。那是一部小巧的便携式电影摄像机，很容易操作。那段日子有许多关于西班牙现况的电影和纪录片拍摄计划。为在加拿大筹集资金，与卡帕从小一起长大的朋友海撒·考文正在拍摄一部关于诺尔曼·白求恩的输血站的纪录片。娶了另外一位布达佩斯朋友为妻的乔里斯·伊文思②则开始着手拍摄《西班牙土地》。

在那些满目疮痍的日子，电影乃最大的诱惑。

就这样，姬达看到他出现在纳瓦塞拉达，穿一件粗针黑毛衣，便携式摄像机扛在肩头。她也有些首次亮相的东西：一部崭新的闪闪发光的莱卡相机，购于她最近一次的巴黎之旅。她最值钱的宝贝。

她慢慢朝他走过去。

“你怎么样？”她问他。声音不确信，狂跳的心震动着脖子下的血管。

“你想我怎么样？”他有点慌乱地微笑，用手胡撸他的头发。“一塌糊涂。”

① 理查德·德里奇蒙特（1903—1982），美国纪录片导演。
② 乔里斯·伊文思（1898—1989），荷兰导演，曾制作西班牙内战纪录片。

他稍稍凑近她一点儿。让她以为他要拥抱她，但他仅轻柔地把食指滑过她的前额，轻轻拨开刘海，而刘海立刻又掉回原处。仅此而已。两个人凝滞在那儿，相隔一拃远，露着点微笑，带着一丝心照不宣，随即又严肃起来，硬生生地注视着对方涌满惊异与恐惧的双眼，仿佛他们每次重逢都是一次奇迹。

在瓦尔特将军指挥下，共和军刚刚在塞哥维亚附近发起一次进攻。姬达和卡帕最希望拍到的是一次大胜仗的影像。他们肩并肩工作，相伴着去到部队的第一线，交换使用莱卡相机和便携式摄像机。铅灰的天空下，士兵们在松树林中穿梭，当他们用靴子跺地以驱走黎明的寒冷时，感觉得到硬邦邦结成块的土地。他们拍摄坦克演习，坦克行进时铁甲向左和向右带动炮筒，军官们用电话指挥，在帐篷里支起来的桌子上研究地形图。在炮弹的一根支柱旁边的工兵，从侧面用黄色粉笔潦草地做标记。但两人谁都没有拍电影的经验。他们像使用照相机那样用便携式摄像机。他们拍下很多固定的画面，然后以扩大画面的方式粗略扫拍一米半的范围。他们所拍摄的画面极少能被用在《岁月征程》系列，然而，一些场面对他们的朋友海明威正撰写的小说《丧钟为谁而鸣》帮助极大。

共和军也未有捷报。进攻遭受挫败。姬达和卡帕又一次没有拍到期盼的画面而返回马德里。然而环境早已征服他们的心灵，夕阳下旷野的最后一缕光线，女人们的头巾撒落在地雷炸开的一条路上，起伏跌宕的山坡的幽蓝，第一时间在兵营中飘荡的咖啡味道，背景是敌方的山头。卡帕怀着提前到来的思念之情凝望一切。当他后来不得不永远地离开那个国家时，也怀有同样的感伤。很多次他觉得西班牙是个充满活力的国家，但在他的回忆里永远带着点阴森，而他一直没有完全走出这种回忆。

那些日子的工作艰辛而又绝望：战败，朋友们死去，鲁卡萨元帅刚刚在阿拉贡前线阵亡，在卡拉班切尔郊外挨家挨户的战斗。他们夜里精疲力竭地到达杜埃罗侯爵街七号，什么都不想做，也没有考虑自身事情的时间。惟有共和军的一次胜仗有可能将他们从所处的死胡同中拉出来。

六月末他们前往马德里南部，那里是查帕伊维营地总部所在地，靠近佩尼罗亚。当阿尔弗雷德·冈多罗维茨看到姬达脖子上挂着相机，肩背一支来复枪出现时，他微笑着，还钻进帐篷换了衬衫。自她在瓦伦西亚的理想咖啡馆顺利搞到通行证的那天起，他就没有忘记过她。

她的出现对男人们有立竿见影的效果，唤醒了他们最基本的本能。那天战士们在她的摄像机前还原了一场几天前发生在格兰胡埃拉的小小战役。他们需要为纪录片录制影像，对他们来说，手中的便携式摄像机不容他们在既当记者又当电影导演的同时流于形式。以模拟的方式重新构建一个历史事件，对他们来说毫无问题。第二天他们跟着连队到了前沿阵地。情况危险至极。姬达把摄像机扛在肩头，在国际纵队队员的钦佩中和冈多罗维茨阿拉米语的诅咒声中，在没人掩护的光天化日之下，越过了把她和战壕隔开的一百八十米距离。

“从一个安全的地方观察事件不能让我满意，”那天晚上她在红色笔记本上写下这段话。“我宁愿像名战士那样活在战场上。这是理解局势的唯一方式。”

局势。她不分昼夜地工作，为报道反法西斯知识分子大会回到瓦伦西亚。作家们和艺术家们首次在一个战争中的国家集会来表达他们的团结。防空警笛整夜回荡。安德烈·马尔罗，朱利安·班达[1]，特里斯唐·查拉[2]，斯蒂芬·斯彭德[3]，马尔科姆·考利[4]，奥克塔维奥·帕斯[5]……

不过她一做完报道，立刻返回马德里，回到了杜埃罗侯爵街的那个旧宅院。她执迷于不顾一切拍摄共和军的一次胜仗。她冒的风险愈来愈大，几近无意识地。卡帕看到她在一块岩石后面挨着一个民兵蹲着，小巧的身躯，头微微向后，眼睛特别闪亮，血脉中奔腾着战争的肾上腺素。咔嚓。还有一次，他拍下了她在公路路标旁标记公共管辖区。公共管辖区的缩写P.C.和共产党的缩写相一致，这让两人觉得很有趣。她双膝弯曲坐在他的军服上歇息，头依着胳膊，斜靠在路标上，戴着黑色贝雷帽，金黄色的头发在阳光下熠熠生辉。咔嚓。战争以一种崭新的、悲剧性的深度在她内心扩展，她好似一位希腊女神，美丽到失真。

一张马德里详图用图钉固定在房间墙壁上。卡帕正在收拾他的行囊，收音机响着。他必须回巴黎把拍摄的东西如约交给德里奇蒙特。一辆汽车正在联盟大门口等他。他东西不多，所以就不慌不忙地收拾，他把一件干净的衬衫和几件脏衬衫连同几件内衣都塞进带拉链的侧面隔层，还有一件黑色羊毛毛衣，一条卡其布的裤子，刮

① 朱利安·班达（1867—1956），法国哲学家，小说家。

② 特里斯唐·查拉（1986—1963），罗马尼亚人，达达主义运动创始人。

③ 斯蒂芬·斯彭德（1909—1995），英国作家。20世纪30年代，与戴·刘易斯、威斯坦·休·奥登和路易斯·麦克尼斯同属马克思主义诗人。

④ 马尔科姆·考利（1898—1989），美国评论家、诗人、编辑。20世纪20年代旅居法国，成为“迷惘的一代”的一员。

⑤ 奥克塔维奥·帕斯（1914—1999），墨西哥诗人。

脸用泡沫和刮胡刀放进一个皮套子里。他拿起多斯·帕索斯[①]关于约翰·里德的书准备搁到包里，却在最后一刻想到更好的做法。

“书留给你。”他对姬达说。他知道里德是她生命里的英雄。

他收拾完东西，走近她，未说片言只语，有点儿不自在，双手在口袋里轻轻晃动，不知道干什么，他那双吉卜赛人的双眼注视着她，严肃的表情已然消失。

“我爱你。”他小声对她说。

而她又思绪重重地悄悄观察他，仿佛有个难以具体化的想法在头脑中打转。“但愿很快能发生点什么挽救我们的事，”她想。“但愿我们从来没有时间相互背叛。但愿我们远离厌倦、谎言和欺骗。但愿他学会爱你但不伤害你。但愿习惯不会使我们渐渐堕落，如同那些舒服自在的幸福的伴侣。但愿我们从不缺少重新开始的勇气……”可她不知道如何把所有这些如在脑海中的一阵扫射般掠过的真实、混乱、诚挚且矛盾的感受表达出来，她只是紧紧拥抱他并慢慢地亲吻他，嘴巴半张半合，在深处找寻他的舌头，眼睛眯缝着，鼻翼翕动，抚摩他乱成一团的头发；与此同时，他沉着脸，任凭她主导。阳光从埃雷迪亚侯爵老宅子的大玻璃窗洒落进来，广播里有人哼唱着一首民谣：无论和你在一起还是没有你，我都没有办法，和你在一起因为我会因你而死，没有你因为我自己死去。

他在大厅里跟大伙儿告别，旅行包扛在肩头，承诺会很快返回，跟大家握手，以自己的风格开玩笑，带着男性色彩还有点粗俗。每个人尽自己的可能控制着情绪。不过，当他到了泰德·阿兰跟前，直率地给他肩头一掌。小伙子两天前刚从前线回来，比以往

① 多斯·帕索斯（1896—1970），美国小说家。

任何时候都瘦，带着那种回避的胆怯表情，走路的样子像匹有点儿笨拙的小马。

“答应我，你会照顾好她，小泰德。”他对他说。

在马德里西部，这场战争中最血腥的肉搏战即将在数十万西班牙人之间展开。

第二十三章

她显得不太一样，更年轻。她脸朝下趴着躺在床上，穿着一件男式军人衬衫，有大大的口袋。她一手托腮，另一只手捧本书，慢慢地翻看。她想，有些人生来就不会接受事情的原样。他们迷失在一个永远都无法企及他们的标准的世界中，不总是遵循道德准则，而是按照一套骑士道德规范的某些规章行事；按照自己的方式直面生活并与之搏击的人们最懂得对付饥饿、胆怯和战争。

危险从未绊住约翰·里德，相反，那是他的天性。他总是想方设法到形势最为错综复杂的地方进行报道。一次刚一抵达里加前线，他就遭遇到德军炮火的一次轰炸。一枚炮弹在离他咫尺处爆炸，所有人都以为他死了，但没过几分钟他又现身了，行走在一片浓烈的烟尘里，耳朵半聋，双手插在口袋里。姬达留意到时间过去了五分钟还多，她沉思默想着，注视着纸上的孔隙，摩挲着书皮，宛如畅游在一片十分遥远的海洋。就是那个时候，当她翻过一页书时发现了卡帕留在第五十七页当做书签用的那张照片。她拿起照片放在手中，又放在煤油灯下好细细观察。

仰卧在一张长沙发上的一个赤身裸体的健壮婴儿。眉毛浓黑，特别周正，褐色脸庞，大大的眼睛煤炭般乌黑，一头浓密的头发，仿佛已读完预科的中学生的头发。俊美得让人恨不得一口把他吞下去。有些相片里蕴藏了未来的所有可能性，就如同生活的意义无外乎要确认这些几乎被褪色的碎片：吉卜赛人的微笑，满脸好奇，代表幸运的六根手指。日期在背面：一九一三年十月二十二日。姬达独自微笑着。又一个不同意接受事情的原样的人。又一个这样的家伙。

她整夜都没睡安稳。她梦见两人伴着初相识时那种透明的光线，早早地在巴黎的一个集市游荡，而战争尚未开始，她梦见她是葛丽泰·嘉宝，而他呢，肩头站着弗林特船长……她睡着了，仿佛在梦里失去了生命又或许期盼着改变生活，把生活推入更多的不可能性中。她在床上辗转反侧，从一座城市到另一座城市，穿越几度绝望之秋，并且闭着眼睛在梦中哭泣，横躺在床上，左膝一直蜷着抵住肚子，直到第一缕光线洒落在枕边唤醒她，而手表指在它的时刻。

真实的时刻。

一九三七年七月二十五日。

当我想到那么多杰出之人在这场战争中丧生，我觉得不管怎样，继续活下去不公平。

这天早晨，她在笔记本上写下了这句话。

几天前由里斯特尔率领的共和军在布鲁内特发起了一次强有力的进攻，那里是法西斯军队从乡村之家和大学城输送补给的两条关键路线的交汇地。进攻在法西斯分子猝不及防之际发起，民兵快速抵达基洪尔纳和维拉努埃瓦·德拉卡尼达，但叛军的大批援军迅速赶到，于是在荫凉处都被烤到四十度的一座高原的半山腰，战斗开始了。

无人确切知晓他们掌控的范围，也不清楚每个村子或村子的每个部分是谁的。他们挨家挨户地拼杀。混乱不堪到有时候两支队伍因为失误而轰炸自己的地盘。阳光下燃烧的家园，驶在街道上的坦克，法西斯狙击手出现在窗口，被切断的窄巷，白色钟楼，法国和比利时的志愿军在麦田中行进……

刊登在报刊上的消息极其混乱。佛朗哥认定已赢得战斗，而共和军认为还没失败。姬达也怀着获胜的憧憬。她想拍下那些照片。不管怎样。

“泰德，我一个人拿不动便携式摄像机和莱卡相机，我需要你帮忙。”她在电话中对自己的守护天使说。差不多是早晨八点的光景。“我搞到一辆车。好了，小泰德，你就答应吧，求你了……就这一次。明天我回巴黎。”

谁能拒绝她呢？更何况泰德·阿兰，要是姬达要月亮的话，他也会取下月亮放在一只金托盘里给她。

他们几乎没有在公路上碰到有来往的汽车。从维拉努埃瓦·德拉卡尼达根本看不到远处的尘雾。被侵蚀的岩石如泡沫岩一般，干枯的庄稼茬，一种伏天的寂静在犁过的田地中蔓延。不祥之兆。法国司机拒绝再多驶一米，于是从那里他们必须徒步继续走过一片麦田。不像那种会有人埋伏的土地，但金色的麦穗里藏得住好多人不被发现。下午一点左右他们到了瓦尔特元帅的营地，这位肩膀四方的波兰布尔什维克，在俄罗斯革命期间曾深入学习过红军的战术。当元帅看见他们肩扛摄像机出现在麦田中，衬衫都汗湿了，如同沙漠里的海市蜃楼冒着气摇摆，他差点把他们踹倒。

“你们疯了还是怎么了？”在对记者说粗话，骂出操你妈之前，他满脸严肃地斥责他俩。“五分钟之内，这儿将成为地狱。”

他的误差仅有三十秒钟。这工夫正好来得及给他们每人一把毛瑟枪，或其他任何该给的东西。法西斯的炮火接踵而至，在卡斯蒂利亚草原上空逡巡着十架亨克尔轰炸机。这一天剩余的部分漫无尽头，炸弹突然在所有地方炸响。当叛军的飞机俯冲轰炸，狂轰滥炸那块遭受了长时间侵蚀的土地时，每个人都在各自找寻掩护。姬达和阿兰钻进了他们发现的第一个坑穴，是个比较深的坑洼。火药难闻的气味令人难以忍受。德国歼击机掠地飞行时毫不留情地用机枪扫射。

“我们必须离开这儿。”泰德弯身俯向她的肩头冲她喊。那么嘈杂，什么都不可能听见。“我们会被烧焦的。”

又一阵持续时间更长的急骤扫射，猛烈敲击着地面上的每一寸土地，爆炸的火光，击中石头的劈啪声，弹到鼓膜上的爆炸声。

姬达张大嘴巴以免噪音震破耳膜。她透过摄像机的物镜目睹战争的黑白场景，不停地拍照。这让她的注意力更集中并让恐惧保持在合理范围内。有一刻阳光折射在她摄像机的金属棱角上，引起一架双翼歼击机的注意，它正朝她所在的位置俯冲下来。那只似乎将要坠落地面的邪恶之鸟所画出的垂直线令她着迷。泰德本能地用双手护住头颅，而她却探出半个身子录下了子弹极其贴近地面时疾速摩擦发出的嗒嗒嗒嗒嗒嗒嗒嗒嗒嗒……

“我们要是拍得好，我将会有东西展示给不干涉委员会看①。”她边说边背靠着地面快速地换胶卷。阳光下她的面孔痉挛，牙关紧

---

① 不干涉委员会（1936—1939），由法国发起的组织，共有二十七国参与，以不干涉西班牙内战以免战争演变为国际战事为宗旨。

咬，手指敏捷地按下快门。那些是她一生中拍下的最好的相片。

但泰德从她手中抢过摄像机。在烟雾里呼吸使他肺部疼痛并且咳嗽得快憋死了。

“你别拍了，在被子弹射中之前我们必须离开。”他试图把摄像机当作盾牌保护她不被那些四处飞溅的碎石片击中。他左顾右盼，想找个更安全的地方。然而没有可去之地。

零星的爆炸声因机关枪阵阵连续的劈啪声而连成串，还有新加入的迫击炮。世界末日。简直溃不成军。面对枪林弹雨，士兵们被恐慌牵着鼻子走。队列溃散，众人朝公路方向逃逸。情形惨不忍睹，法西斯分子的机关枪拿他们当射击靶子玩。当他们离开时，像兔子那样伤痕累累。他们没有摆脱困境的出路。为了重建战斗局面，瓦尔特元帅倾尽全力在三十五号军团前搏杀，可是西面的溃败持续着。因为爆炸，姬达看到三名民兵的碎块蹦到空中。她正是那个时候离开了躲藏处，独自一人，震怒又受羞辱地喘息着，用意第绪语向战争之神发出誓言，毛瑟枪指向那些跑着离去的人。泰德试图制止她，拉着她的衬衫却没能让她止步。“必须让他们停下，你没看见他们正被活生生地捣碎吗？”她说。“你等等我，”于是他叫喊着，拿着来复枪好掩护她。他从没见过她那么充满力量和果敢。她的衬衫被扯坏了，枪在矛托上，露出一个肩膀。勇猛，激昂，毫不宽容，在这最后一场战役中，她狂怒、失望，有一种不容置疑的胆魄，她纯粹的怒吼发自内心，两人凭勇气让队形再次恢复。

下午五点半，飞机开始撤离，留给被捣毁的土地一片沉寂，阵地陷入死一般寂寥。

能活着从那儿出来是个奇迹。姬达盯视着泰德，目光中夹杂着温柔和骄傲。她双手捧起他的脸，轻柔地在他唇间印下亲吻。仅此而已。几秒钟罢了。因为他是她的守护天使。

“谢谢！”她低声对他说。

而他感到脸上烧得发烫，但仅限于笑笑，那是他在分神又胆怯时表达情感的一种方式。

高原上尸横遍野，呻吟着的伤者被摧残得难以抬起。有些被坦克带走，另外一些裹着帆布毯子被骡子拖着。姬达和泰德开始沿着尘土覆盖的道路朝维拉努埃瓦·德拉卡尼达步行，脸被黑烟熏黑，听到自己的脚步踩在碎石上发出的声响，出于对恶劣的一天高原上牺牲的如此多生命的敬意，他们宁愿继续沉默。他们看到一定距离外正在着火的农庄，远处的爆炸，一片凄凉景象。

一个小时以后，黄昏之际，他们走得筋疲力尽。此时听到从远处传来一个发动机的呜呜声，一段弯路后面他们远远望见瓦尔特元帅的车，一辆发动机罩瘪下去的黑色车辆。他们打手势让车停下来。他们渴得要死，累得要命。元帅不在车里，但车后座塞满了伤兵，于是他俩每人踩在脚蹬的一边上了车。

他们在路上碰到好几辆撤退的装甲车和轻型坦克。在崎岖不平的山冈上他们发现了一处像是中世纪城堡的地方。姬达深深地呼吸，带着幸存下来的那种奇特的狂喜感，注视着前线，感谢拂面清风带来的舒爽，深深惊讶于自己全身连一丝伤痕都没有，寻思着一到马德里就要冲个澡。她肩挎莱卡，头发向后梳，感谢她的幸运星保住了她的生命。她早已买好一瓶香槟要跟联盟的所有同仁告别。她第二天早晨就启程。然而，转瞬之间，汽车猛打方向盘，她斜眼看到一辆坦克的前部朝她撞过来。是一辆T-26B，当时世界上威力最强的装甲车。她想闪开它，却被什么东西绊住了。铁履带从她身体上压过去。十吨重的金属。重物压迫在她腹部，令她无法动弹，她往下挪，仿佛待在莱比锡的那个湖底，而淤泥裹住她的双腿不让她上到水面。她明白必须放松，缓慢地呼吸而且把身体朝上推。差不多能看到亮着灯的湖边小屋，仿佛触手可及，铺着亚麻桌布的桌子，插着郁金香的大耳陶罐和约翰·里德的那本书。她听见叫喊声，来自遥远地方的声音，飞机远远的轰鸣声，她听见泰德从对岸呼唤她，姬达，姬达……声音震颤仿佛一阵尖利的警笛。她觉得天黑得太早了，她特别冷。她使尽全部解数以免沉下去，把头露出水面，可她越来越游不动了……

第二十四章

“加油，小鳟鱼，快到了……”是卡尔的声音，他在岸边给她鼓劲；十岁的奥斯卡站在码头上，拿着一个短链子的怀表测定时间，他鼻子上布满了雀斑，穿一件海军衫。

水底极深处有虚幻之城，沙砾的穹顶，闪耀的光彩如同骨骼的磷光。姬达感到一阵剧痛，于是把头从水里伸出来，感觉到太阳碾碎了皮肤上成千上万个细微的水珠。

“来吧，马上就到了……”

明净的天空，每一次挥臂划动时噼啪作响的水声，阳光炙烤下的码头散发出雪松的味道，她感到后背一阵清凉，肩膀上红色游泳衣有弹性的压力，她把头发甩向两边，甩干水滴。

护士又把海绵放进水槽弄湿，重新放到她额头和颈部好给她降体温。她在埃尔·埃斯科里亚尔建筑群①，美国野战医院。

“泰德呢？”她问。“他好吗？”

护士笑着点点头。她是个圆脸的金发姑娘，有一双湛蓝的眼睛。

“你很快也会好起来。”护士对她说。“道格拉斯·乔莱将为你做手术。他是我们最好的外科医生。”

姬达望到远处，他们迁入的那个古老的耶稣士修道院的大玻璃

① 西班牙首都马德里附近的一处大理石建筑群，包括宫殿、教堂、修道院和陵墓等，建于16世纪。亦称皇家修道院。

上，有一块方形的光影。然而疼痛再次令她难以忍受，坦克捣毁了她的腹部，所有内脏都开了花。

“我想拿我的相机。”她说。

两个担架兵把她往手术台搬，可是没等上手术台，她又失去了知觉。

已是夜间，夜空的黑暗透出杏仁色。她感觉到在鲁特林根的路上，兄弟们的胳膊搂着她的肩膀上。她能闻到毛衣袖子的羊毛气息。三个孩子肩并肩望着星空。星星如盐粒般，三三两两地坠落。

一颗星星如同一段记忆，你永不知晓它是你所拥有的或已失去的某种回忆。

在风扇的阴影下，她缓缓眨着眼睛再次醒来，她觉得是卡帕正对着她脖子吹气，就像每次做爱之后，他常做的那样。他们把她挪到床上了。现在她只穿一件灰色长衫，光溜溜的胳膊伸在床单上。她非常惨白，看上去年轻许多。

她请他们给她打开窗户，想听见夜晚的声音。她的脉搏特别微弱。她见过太多人的死亡，一点都不害怕，但她希望他能在身边。卡帕总是知道如何安抚她。有一次，他大声地表达这种想法。他们躺在草地上，紧紧抱着，那是战争之初。

“我若此刻死去，在这儿，就像我们眼下这样，我将死而无憾。”他说过。他斜靠在她身上，而她能看到他的喉结，在吞咽口水时如同一枚核桃那样上下滑动。她想用手指触碰它。她一向喜欢他身体的这个部分，像一块礁石那样凸出。他肌肤的颜色随着穿透橄榄树的光线渐渐变换。他的身体有着土地与岩石那种紧致的质感。她极爱那喉结，宛如黄色雏菊的中心点。她需要睡眠。她太疲龛了，只想把前额贴在他脖子的那个部分，就像找到一个树洞。

金发护士拿着急救药箱再次走到她身边。用带子束紧她的胳膊，用指甲尖戳破一个玻璃瓶的瓶口。咔嚓。发出和按快门相同的声音。姬达感觉到针刺血管的疼痛。她手掌张合了好几次好让输入的药液更快起效，她躺回枕头之前，眉头上的褶皱已然消失。她的神情更加甜美，迟缓。她没有可以折返的世界。每回身体吸收了吗啡之后便为她打开了另一扇飞向未来的门。她发现自己拥有三维视野，对时间有种明晰的觉察。仿佛一段生命的所有时刻都定格在一个非物质的点，迷失于无限之中。她突然意识到他将永恒地驻留在那个点，永远不会离弃她。并非那种靠智慧或思想就弄得懂的事，而要用她思维中另一个不曾碰触的地带。因为或许是那些梦构造出未来或者期冀的将来，她从那个地方见到他站着，衣衫敞开，双手抱头用劲按压太阳穴，同时在读《人道报》。“第一位在冲突中丧生的女摄影师。记者姬达·塔罗已在布鲁内特的一场战役中阵亡，”他念着标题。她突然看到所有这一切，两秒钟之后，当路易斯·阿拉贡在《今晚报》编辑室向他确认此消息时，她知道他攥紧拳头，用尽全身的气力挥拳砸墙，碾碎了指节，数天之后，在奥斯德利兹火车站，当棺木抵达的时候，她看到他处于崩溃状态，露丝，奇姆，他弟弟康奈尔和亨利看护在他身边，他跟上万人一起跟着棺木，其中大部分都是共产党员，他们伴着肖邦的葬礼进行曲的旋律，护送棺木，上午天气恶劣，从文化之家到拉雪兹公墓，天色阴沉。

她也在那儿看见她父亲跪在棺木前，说着安息祈祷文，用一种洪亮的声音用希伯来语念出对逝者的祈祷，如同远方一艘召唤她的船只的汽笛。希伯来语是内里蕴含着废墟般寂寥的古老语言。当卡帕听见时，他背部有一阵触电的感觉。一种细微的刺痛触到他记忆的某处，他想起她风尘仆仆地从前线到来的样子，相机挎在一侧，三脚架在子弹袋里。

很难在赞美诗的乐声中承受这种仪式。葬礼结束时姬达的兄弟们与卡帕对峙，把姬达的死归罪到他头上，还高声指责他让她卷入战争却不知保护她时，他不曾想自卫。卡尔直截了当地粗暴地给了他下巴一击，他任凭他打，连根指头都没动，仿佛挨打能使他解脱些许苦痛。他也怪自己扔下姬达一个人，在不幸的最后一天没有在她身边，这种歉疚每时每刻折磨着他，以至他自闭在自己的工作室十五天，拒不吃饭，也不想和任何人说话。

"两周以后从那儿出来的那个男人，"后来亨利·卡蒂埃-布勒松将以他诺曼底人的洞察力写道，"是迥然不同的一个人，愈来愈虚无、尖锐。一个绝望的人。"

没人想到他能恢复过来。露丝看到他在塞纳河的码头游荡，喝酒喝到不醒人事时，她担心到极点。可姬达清楚他会恢复过来，好像一位触线的拳击手，在最后一刻从没有力量的地方释放出能量，然后起身，再次拿起他的相机，重新步入战争，因为他已不知道别的生活方式。也不想依循其他方式。所以他又一次来到西班牙，直到最终的失利；他加入联军一一六团E营，在诺曼底海滩登陆，在第一道海浪中到达Easy Red区；当本·古里安[①]于一九四八年春宣读以色列《独立宣言》之际，他在去往耶路撒冷的死亡征途上；他在印

① 大卫·本·古里安（1886—1973），犹太政治家、犹太复国主义运动领导人，以色列主要缔造者和首任总理（1949—1953）。

度支那的湄公河三角洲跟着双手捆缚在背后的越南俘虏前行，越来越疲惫，越来越单纯，每晚思念着她，尽管他认识了其他女人，甚至讨好其中特别出众的几个，像英格丽·褒曼。他毕竟是个男人。当姬达从他记忆黑暗的岸边认出他时，看到他跟朋友欧文·肖在丽兹酒店的大堂，姬达脸上绽放出同谋的微笑。那个微笑如此自然，护士以为她醒过来了。混蛋罗伯特·卡帕，她声音极低地念叨。

当一九四七年的一天，他与奇姆和亨利·卡蒂埃-布勒松以及玛丽亚·艾伊斯奈尔在纽约现代艺术博物馆二层创建马格南图片社时，她在不到一秒钟里看到所有的一切，看到他们举着香槟和他碰杯。她多希望自己也在场啊！

不过当她觉得更贴近他是在距河内咫尺之遥的奠边府公路时，卡帕已长时间地摧残自己的肝脏，饮酒饮到不省人事，竭尽全力只想杀了自己，他已经烦透了没有她而活着。酷热，潮湿，肮脏下流的酒店充斥着臭虫，一轮黄昏日头下稻田的金黄，垂钓者脆弱的长竿在田野上迎风摇曳，姑娘们戴着软帽，赤脚沿公路踩踏自行车，翠绿的山峦，一座佛塔金光闪闪的塔尖，冰茶茶壶，飞机的轰鸣声，越共士兵遍布各处，在茂密的灯心草中移动。他从吉普车里跳出来要为他名为《粒粒皆辛苦》的报道拍摄最后几张照片，就像朱塞佩·德·桑蒂斯[①]的电影名。他慢慢地登上新草覆盖的一片缓坡，没有踩踏嫩草，好逆光拍下那群行走在堤岸另一侧的人们，当他按动快门，咔嚓，世界突然成碎片。奠边府。河内。

姬达感到无数脚骨的碎片如卵石般飞散到空中。纯粹的磷光。

① 朱塞佩·德·桑蒂斯（1917—1997），意大利电影导演。其代表作《粒粒皆辛苦》（又名《艰辛的米》，1948）一向被认为是意大利新现实主义的标志性作品之一。

卡帕的头盖骨抵着脊梁骨。左手手掌骨卡在右掌骨中，骨盆与气管挤在了一起。爆炸。就是在那一刻，她意识到曾经历的一切都不过是嵌入苍穹一隅的闪电，因为时间并不存在。她再次睁开双眼。是凌晨五点。伊莱奈·高尔丁，那位蓝眼睛的护士体贴地靠近她的床头。

“我的相机找到了吗？”她用仅剩的声音问。

护士摇头否定。

“太遗憾了。”她说，“那是架新相机。”

作者手记

装有拍摄于西班牙内战时期的一百二十七个胶卷和照片的三只手提箱，二〇〇八年一月惊现于墨西哥，那是罗伯特·卡帕，姬达·塔罗和大卫·塞伊莫尔（奇姆）的作品。三千多张从未公之于世的照片。电影工作者特里莎·翟法通过墨西哥元帅弗朗西斯科·阿基拉尔·冈萨雷斯的后人找到了这些手提箱，元帅上世纪三十年代在法国马赛担任外交官期间曾帮助反法西斯者逃亡。目前这些资料存放在纽约国际图片中心有待研究。几乎所有的报刊都对这批无疑是新闻摄影史上最重要的发现进行了报道。

这部作品的源起是刊发在《纽约时报》上的一张在墨西哥发现的照片。我指的是姬达·塔罗在旅馆房间的窄床上的样子，非常年轻，穿着罗伯特·卡帕的睡衣。如果不是眉毛修剃过，显得极细致的话，她看上去就像个小男孩。她侧身躺着，手压在胸脯下面，短发乱乱的，左腿蜷着，睡裤短到了膝盖，仿佛入睡前辗转反侧了无数次。

之前罗伯特·卡帕的形象就已攫取了我的注意力。在我的书房里，卡帕的摄影图片册总是占有一块荣誉地盘，和柯尔多·马堤斯[①]，尤利西斯，斯科特船长，本特号船上的反叛者，希刺克利夫和

① 柯尔多·马堤斯，七海游侠，出自艺术家、连环漫画作家雨果·布拉特（Hugo Pratt，1927—1995）之手。柯尔多的冒险故事被翻译成十多种语言，其发行量达数百万册，风靡世界各地。

凯瑟琳·克利夫顿[1]，艾马殊公爵和凯瑟琳·嘉芙莲[2]，约翰·里德和露易丝·布莱恩特……以及所有奋战不休的英雄摆在一起。写些有关卡帕的人生的念头不止一次在我脑中打转。我觉得我们国家亏欠他，至少，欠一本小说。是欠他们两个人。并且仿佛是确切感受到这是一份未偿的债。不过还债的时候当时还没到。一个人从来没法选择这种事。该发生就发生。

除了那些存档的摄影图片，在写作的资料预备阶段有些书也对我极有帮助。第一本是理查德·威南关于罗伯特·卡帕的传记，还有阿莱克斯·克沙瓦激情洋溢的传记《鲜血和香槟》。为了重新构建他们在马德里、瓦伦西亚和巴塞罗那的政治氛围与爱情情节，保罗·普瑞斯通的《子弹下的理想主义者》成为我的参考书，在他的书里极为精准翔实地勾勒出所有前往观察事态发展并最终无可避免地被最后一场浪漫战争的魔力所席卷的人们的嬗变过程。或者至少是最后一场依旧可能选择一个派系的战争。由德瓦特出版社出版，记者费尔南多·奥尔梅达关于姬达·塔罗的精彩研究同样具有决定性意义。由于我在德语方面的欠缺，他的书帮我省了些力气，使我避免了直接用德语阅读这位女摄影师资料的困难。费尔南多·奥尔梅达的著作大量采用了德国女作家伊尔梅·斯切伯尔的资料和证词，迄今为止，她是唯一一位全方位写作姬达·塔罗的传记作家，遗憾的是这本书没有被译成其他语言。毫无疑问把这位二十世纪最非凡最勇敢的女性之一从遗忘中拯救出来非常值得。

这部小说也多亏了一些记者朋友和战地记者的帮助，借助他们

① 《呼啸山庄》中的主人公。
② 《英国病人》中的主人公。

的生活、报道和书籍，让我认识到存在没有回程票的旅行，认识到无人能从一场战争里原原本本地返回。这些记者知道自己是谁，以及他们深入这段历史到什么程度。我也希望通过这部作品向所有牺牲的通讯记者致敬，他们有男有女，每天都有可能在自己的工作岗位上失去生命，为了让我们其他人知道当我们安静地享用每顿早餐时，世界怎样开始新的一天。

至于我，我试图把一些人生的所有轶事如实地反映到极致，而不跳过最黑暗的或者如著名的照片《一名士兵之死》那样最富争议的篇章。所有与内战相关的故事都是真实的，并且引用出现的所有作家、摄影家、国际纵队成员和军人的姓名都有资料证明。剩余部分：地址、家人回忆、读物等等，则是自由创作出来的，此乃小说家的特权。

我很希望能够以罗伯特·卡帕、姬达·塔罗和大卫·塞伊莫尔那种通过他们的照片传递出的熟练技巧与热情，反映出那些激荡年代的张力与复杂性。然而我没有操控相机的天赋。所以我别无他法，唯有尽力以我的方式和自己的武器拉近影像与文字的距离。各自尽力而为之。

最后要说的是，从动笔写作一部小说到完成之时，作者也不再是当初的自己。从某种程度来说这本书一如任何战争体验，在我作为小说家的生涯当中代表了一个无法回归之处。我的一部分将永远驻留在那些血腥的岁月，姬达·塔罗穿着睡衣甜蜜地从炮火轰击的梦中醒来。

苏珊娜·富尔特斯访谈

访谈者：詹玲（《等待卡帕》中文版译者）

译者： 从某种意义上说，卡帕和姬达与西班牙有特殊的关系——卡帕因拍摄西班牙内战声名鹊起，姬达则在西班牙内战中献出了自己年轻的生命。您在作者手记里也强调了西班牙对他们的亏欠。他们和西班牙的故事承载了与生命、死亡、命运、爱情相关的厚重的内容，请详细谈谈您构思、写作《等待卡帕》一书的过程。

作者： 通常我撰写小说，事先既不搭脚手架也不织网，而是像整理毛线球般把盘根错节的故事情节渐渐理出来。但写这本小说不是以这样的方式，因为人物都是真实的。我最先构思的部分是已了然于心并感兴趣的空间与时间。作品始于一九三五年，从同为难民的卡帕与姬达·塔罗在弥漫着波西米亚气息的巴黎相识铺展开来,在漫溢着铮铮铁骨抵抗意志的马德里他们的爱情故事显得张力十足并充满艰辛，故事结束在一九三七年夏天的布鲁内特战役[1]。虽然写作时间不过一年左右，但我对卡帕摄影作品的痴迷要追溯到少女时代。从那时起我就收集他拍摄的照片，摄影展的图册以及与他相关的所有出版物。其实当我动笔时，有些路我已铺好。

译者： 为什么姬达的那张照片给您带来那么强烈的震撼？《等待卡

[1] 为援救北方，西班牙共和军于1937年7月6日在马德里西南部发动了布鲁内特战役。

帕》一书真正的主角正是姬达，可以这么说吗？把姬达从遗忘中拯救出来有何意义？

作者：从技术角度来说，那张照片算不上什么伟大的作品，但里面流露出居家生活的温柔情愫。是一个男人爱上一个女人时，会在女子熟睡之际拍下来的那种典型的照片。世人皆知卡帕，可姬达却是伟大的无名之辈。一名金发女郎，德籍犹太人，身高不到一米五，傲气十足，食不果腹但卓尔不群。毫无疑问，姬达是二十世纪最勇敢且最有情调的女子。她若能再多活些时日，定会像卡帕那样得到认可，但她没能活下来。小说有时候也用来致敬，在光阴流逝后让人和事物归至所属之地。但我不试图给什么人上课，也不想使我作品中的主人公变成什么道德楷模。我只是讲述自己希望讲述的故事并且尽量做好。仅此而已。

译者：您在书中告诉我们，您“试图把一些生命的所有轶事如实地反映到极致，而不跳过最黑暗的或者如著名的照片《一名士兵之死》那样最富争议的篇章。”您如何看待卡帕的成名作？有造假之嫌吗？

作者：我觉得开始有点作秀，结果却出乎意料地变成了真事。我也认为对作为摄影师的卡帕而言，这意味着他的天真的终结。有些照片变成了有象征意义的里程碑，但在按动快门的瞬间无人知晓这个结果。卡帕最后痛恨这幅映像。他不愿提士兵之死。许多摄影师对于将他们推至事业巅峰的图片也抱持与卡帕相似的态度。然而对我来说，我始终认为《一名士兵之死》是迄今为止最杰出的战争题材的照片之一。

译者：“所有与内战相关的故事都是真实的，并且引用出现的所有作家，摄影家，国际纵队成员和军人的姓名都有资料证明。剩余部分：地址，家人回忆，读物等等，是自由创作出来的，此乃小说家的特权。”整部作品给人极强的纪实感，您是如何将真实材料与自由创作完美融合在一起的?

作者：我梳理了所能找到的全部材料：信件、回忆录、传记、与姬达相识的人撰写的回忆材料，亲历那场冲突的作家、友人和记者等等。但我非常清楚自己不想写一部散文，而想写小说。我不希望两人的故事淹没在史料中。这其实是文学料理。要调配出风味绝佳的蛋黄酱必须把握搅拌油与蛋液的力道，使之交融互不分离。我怀着虔敬之心对待传记材料，而且以文学的张力，幽默感，愤怒，对立的情感，也就是说用文学本身去充实材料。

译者：作品中数次用了“浪漫”来描绘那个时代的人们以及西班牙内战，您怎么看待浪漫？我们这个时代是否已彻底远离真正的浪漫主义?

作者：西班牙内战应该是最后一场浪漫的战争。自由与枷锁之间的抉择。并非一道艰深的方程式。这之后，自二战的灾难到后殖民时期的恐怖冲突以及冷战，事情都要混沌许多。然而战争并无好坏之分。所有的战争，包括那些貌似正义之战都是恶的，而民众始终是失败者。卡帕非常清楚这一点。他说："战争如同韶华将尽的女伶，越来越不上相，越来越危险。"

译者：日本侵华期间，卡帕也来过中国并拍下了不少照片。您虽然还没有踏访过中国，能谈谈您对想象中的中国的印象吗？

作者：西方社会对中国非常关注，认为中国将成为新的超级大国，未来的帝国，还谈及了很多我不了解的方面。我觉得无论今天我们想到什么，多么贴近原貌，这些想法早在近五千年前，某个中国人就已用极简单的方式表达出来了。

译者：《国家公敌》的导演迈克尔·曼已购买了《等待卡帕》一书的改编权，影片将于二〇一二年面世，是吗？您对影片有什么样的期待？可以透露卡帕和姬达的扮演者吗？

作者：迈克尔·曼一直有拍摄一部关于罗伯特·卡帕的影片的想法。他极推崇卡帕的作品，认识卡帕的弟弟康奈尔。他曾执导过《盗火线》、《最后一个莫希干人》，是我钦佩的导演，由他执导此片对我来说意味着一切会非常有把握。起初该片被交给迈克尔·曼的制片人福沃德·帕斯，不过拍摄计划扩大了，最终由迈克尔·曼执导，哥伦比亚电影公司出品。至于演员，我不能说什么，因为他执掌电影，我不参与，我仅仅是把小说的版权出售给他。不过我确信作品交到了最合适的人手中。其他的，可以想象出来。

我很高兴这部关于卡帕的作品将被改编摄制成电影，也确信它会成功。

译者：不久前，两位杰出的战地摄影记者在利比亚战争中失去生命，其中一人曾获得过罗伯特·卡帕金奖。在卡帕逝去近六十年后，战争频仍，他呼唤人类和平的愿景依旧遥远，您如何看待这部作品在当下的现实意义？

作者：我的朋友圈里总有几个是当记者的。我的几个好朋友曾是，有的现在依旧是战地记者。虽然我知道这是个高危职业，但每次有记者遇难，我就会想起他们所有人。得知两位战地摄影记者：蒂姆·哈瑟林顿和克里斯·洪德罗斯四月份在利比亚遇害时，我也同样想到了自己的朋友。蒂姆·哈瑟林顿恰好与迈克尔·曼合作拍摄过一部纪录片。他和克里斯·洪德罗斯都追随卡帕的名言："要是你的照片拍得不够好，那是因为你离得不够近。"二十世纪是一个战争仍频，疮痍满布又充满神话的时代。战地记者的出现是二十世纪最有力并持续至今的神话之一。他们让冒险、危险与勇气真实呈现。在枪林弹雨的战役中，这些身处险地的战地记者在历史呈现之时亲历历史并第一手讲述给我们听。他们非常清楚由于人类的存在，没有一场战争会成为最后一场。要展现人类这种最恶劣的生存状况，还会有更多的记者倒下。他们之所以去战场不是为了钱也并非因为热爱真实。他们既不是慈善家，也非圣人，也不是出于幼稚，而相信他们的证词能够改变世界。他们之所以在那里是因为职业，他们所选择的职业。这是绝佳的理由。

译者：您发表第一部作品时已三十五岁，能谈谈您的第一部作品吗？这些年来您一直佳作不断，既得到评论界的认可也很畅销。您抱有怎样的文学梦想？三十五岁出版首部作品，显然不算很年轻了。中国有不少怀揣文学梦的年轻人，您能给他们些建议吗？您同时还是专栏作家，也是学校专职老师，您是如何安排时间的？

作者：成就作家的唯一建议就是阅读，别无其他捷径。对我起作用的唯一建议就是阅读经典作品。然后阅读体验会在生活中转化。随着时间的推移，一个人会渐渐地圈定自己的地盘，自己在乎的事情，构筑一个个人世界。将写作与记者工作相融合也有助益，是同一项冒险运动的不同层次。记者的工作是冲刺跑，而小说家则是慢跑者。关于时间，除了要安排好计划没有别的窍门。对工作我严格遵照时间表，虽然我总感到窃取了该与心爱的人共同分享的时光，可现实就是如此。我们生活在虚幻、梦境、匆忙、疲累与愤怒中，这些不会拉长生命但能让生活更有滋味。也有些对生活兴趣盎然的人，他们有怀疑者的特质，能幽默感十足地走过周而复始的每一天。在遇到真正的好故事时，就是偶尔闪现的璀璨时刻降临了。